ROSA LIKSOM

DIE FRAU DES OBERSTS

ROMAN

Aus dem Finnischen
von Stefan Moster

PENGUIN VERLAG

Danke,
H. H.

Die Balken einer Fischerhütte, die auf der Böschung des sumpfigen Ufers am großen Wasser steht, knarren, das Holzboot, das umgedreht an der Wand lehnt, quietscht, und wenn man den Blick auf das kleine Dorf richtet, sieht man, dass dort alles dunkel ist, die Bewohner sind schlafen gegangen. Kurz bewegt sich ein Vorhang, und gedämpftes Licht blitzt auf. Jemand dreht sich unter einer geblümten Decke um, ein anderer kratzt sich im Tiefschlaf an der Wade, ein Mund steht offen, und Speichel rinnt auf den weißen Kissenbezug, jemand schreckt kurz aus leichtem Schlummer hoch und schläft wieder ein, jemand schnarcht unregelmäßig, jemand setzt sich an der Bettkante auf, steckt sich eine halb gerauchte Selbstgedrehte an und lässt sich, nachdem er sie aufgeraucht hat, für einen Moment mit geschlossenen Augen auf dem Emailletopf nieder, schiebt den Topf dann unters Metallbett, lässt sich wieder auf die Strohmatratze fallen und seufzt sich zurück in den genussvollen Schlaf.

Nur in einem Fenster des am weitesten entfernten Hauses flackert bescheidenes Licht. Es ist das Haus, in dem die Frau des Obersts wohnt. Vom See her wirkt es wie eine Kombination aus Alpenhütte und Rauchstubenhaus. Es ist zweistöckig, und das alte Holz ist durchweicht.

In der schwarzen Finsternis kurz vor Mitternacht dringt allmählich Kälte durch Balken und Fußboden ein. Die Frau des Obersts schiebt die Hände unter den Rentierpelz und zieht den Gürtel des alten, zerlumpten Saunabademantels enger, der dem Oberst gehört hat, blickt auf ihre Kamelhaarstrümpfe und auf die Fellschlappen hinab, die ihr in den kalten Stunden die Füße warm halten, und schwankt auf den Kamin zu.

Sie legt die Birkenscheite, die Tuomas hereingebracht hat, auf den Rost.

Beim sechsten Streichholz leuchtet die Flamme auf. Das Brausen des brennenden Holzes steigt den Schornstein hinauf und verdichtet sich zu einer weißen Wolkensäule am kalten Himmel.

Die Freude am früheren Leben besteht darin, dass es nicht

wiederkommt. Trotzdem geht nichts verloren.

Das Sommerlager der Lottas stand an. Ich fuhr mit dem Bus nach Kittilä und wanderte mit meinen Siebensachen tief in den Wald hinein bis zu einer Heide zwischen einer Flussschleife und einem See. Mehrere Mädels und Frauen waren dort schon bei der Arbeit, und ich machte mich mit den anderen daran, das Lager aufzubauen. Ein Stück weiter südlich lag ein Teich, der im Eiltempo von Moos erobert wurde, und im Norden ein hübscher, stiller Wildmarksee mit klarem Wasser und einem sandigen Südufer. Mich im Wald herumzutreiben war mir sehr vertraut. Mein Vater hatte sich in Deutschland für die Pfadfinderbewegung begeistert, das Ganze nach Rovaniemi mitgebracht und mich mit sieben Jahren zu den Pfadfindermädchen mitgenommen. Bei den Wölflingen lernte ich, was ein anständiger Mensch ist: zuverlässig, hilfsbereit, wohlerzogen, gehorsam, pflichtbewusst, arbeitsam, mutig und patriotisch.

Trotz all der hehren Lehren prügelten wir uns, piesackten uns gegenseitig, ärgerten die Kleineren und lernten zu leben. Weil ich eine eifrige Pfadfinderin war, durfte ich mehrmals zum Sommerlager nach Deutschland und lernte so auch die deutsche Sprache. Juden raus! Wie schön das damals in meinen Ohren klang – und wie schlimm es jetzt klingt. Wir

Mädchen der Familie waren außer Pfadfinderinnen auch kleine Lottas, und zwar schon zehn Jahre bevor die eigentliche Kleine-Lotta-Organisation gegründet wurde. Unsere Familie hatte der Weißen Garde angehört und war ein Vorbild für alle Finnen.

Bei den Kleinen Lottas lernte ich, wie man einen Tisch deckt und Spitzendeckchen häkelt. Nach dem Befreiungskrieg achtzehn sammelten wir Knochen für die Seifenherstellung und Löwenzahnwurzeln als Kaffee-Ersatz. Ich klaubte überdies Zapfen zusammen, und zwar so viele, dass ich einen Stern an die Brust meines Lottakleids bekam. Die Kleider habe ich alle aufgehoben, obwohl nach dem Friedensschluss der Befehl erging, sie zu vernichten. Stattdessen habe ich sie ganz zuunterst in die Aussteuertruhe gestopft, die drüben in der Bettkammer in der Ecke steht.

Im Lager von Kittilä war die Frau des Propstes unsere Lottageneralin. Sie war fürsorglich, scharfsinnig, sorgfältig und genau, stellte sich immer auf die Seite des Lebens und gegen den Tod und war so gesehen Pazifistin. Sie brachte uns bei, wie man guten Kaffee kocht, wie man tausend Mann auf einen Schlag verproviantiert, wie man Verwundeten medizinische Hilfe leistet, wie man Geld für die Weißen Truppen sammelt. Ich lernte, dass eine Frau fleißig bis zur Selbstaufopferung und gehorsam sein und sich gründlich auf ihr künftiges Los als Soldatenmutter vorbereiten muss. Dass zum Mannsein ein Stück Tyrannei gehört und dass der Mann der Frau moralisch überlegen sein soll, dass die Liebe ein Kampf ist, der aufseiten des Mannes mit Hass anfängt und mit dem moralischen Sieg des Mannes aufhört, und dass die Frau lernen muss, das zu akzeptieren und den Mann trotzdem in aller Unschuld und Reinheit zu lieben.

Eines Tages hatten wir im Lager ein paar Stunden frei und durften machen, was wir wollten. Manche lasen in der Bibel, andere sangen Kirchenlieder, wieder andere spielten Nachlaufen. Ich spazierte zum nächstgelegenen Sumpfmoor, um zu sehen, was für ein Moltebeerenjahr es werden würde. Ob die Moltebeeren schon blühten. Ich schob mich gerade durchs Erlengestrüpp, als der trockene Heideboden unter meinen Füßen nachgab und die ganze Welt schwankte, als säße ich in einem Schaukelstuhl. Vor meinen Augen tat sich ein schrecklich schöner, weiter Sumpf auf. Wie ein Reh sprang ich von einem Bleichmoosfloß zum nächsten und kreischte wie eine Fanatikerin. Mein Gehüpfe rührte das Wasser auf, und dadurch entstiegen den Tiefen der Erde solche Gerüche und Gase, dass ich mich am Ast einer Krüppelkiefer festhalten musste, um nicht ohnmächtig zu werden. Verschiedenste Farben flimmerten in meinem Kopf, ich sah Lichter und Schatten in allen erdenklichen Spiegelungen. Kiefern mit braunen Stämmen rauschten, mit Flechten überzogene Fichten brausten, von den Felsen hallte es wider, und am Firmament kreischten Kraniche. Ich war wie im Fieber, mein Kopf hatte sich vom Hals gelöst, und ich lachte unbändig. Dann watete ich einfach weiter, planschte mit den bloßen Füßen im Wasser und spürte den Hauch des permafrostigen Sumpfes an meinen zarten Zehen. Ich war bereits bis zur Hüfte nass; zwischendurch tauchte ich sogar richtig ins Sediment ein, in die Sumpfpflanzen und in den Schlick. Unterschiedlichste Riedpflanzen und Fossilien hingen mir im Haar, aber nichts hielt mich mehr auf, die Moltebeerenblüte war längst vergessen, ich fühlte mich so frei und grenzenlos, dass der Saft aus mir herauslief und ich mir dachte, wenn jetzt der Tod kommt, dann heiße ich ihn mit offenen Armen willkommen. Ich bestand von vorn bis hinten aus überirdischer Kraft und Herrlichkeit. Die Mistkäfer, die Rosskäfer, die Schnaken, die Gnitzen und ein paar Rentierdasselfliegen summten, die Frösche quakten einladend, und die Kraniche kreischten, als hätte man ihnen in den Bauch geschossen. Ich machte die Augen zu und schwebte mit den bloßen Instinkten voran. Mein Geruchsinn zog mich nach Süden, der Tastsinn nach Westen, und als ich bei Anbruch des Abends völlig entkräftet anhielt und die Augen aufschlug, wusste ich nicht mehr, wo ich war. Trotzdem bekam ich es nicht mit der Angst zu tun, sondern betrachtete bloß meine schlammigen Beine. Sie waren voller blutiger, dunkelroter Schrammen; die scharfrandigen Blätter der Sumpfpflanzen und die Bisse verschiedener Viecher hatten sie aufgerissen. Mein ganzer Leib war mit Matsch überzogen, ich war schwarz wie eine alte Föhre nach einem Waldbrand. Als ich mir zwischen die Beine fasste, weil es da irgendwie brannte, ertastete meine Hand einen schleimigen Wulst, der dort hing. Ich hob den Rock hoch, und mir dämmerte, dass da ein Egel Blut aus dem Rand meiner Fut saugte. Er musste schon ein Weilchen genuckelt haben, weil er so prall und so prächtig war. Vorsichtig zog ich ihn ab und warf ihn auf eine grasige Bülte. Ich war vollkommen erledigt, legte mich auf ein Floß aus Torf, und da sah ich kurz die Welt so aufleuchten, wie sie irgendwann einmal sein könnte. Diese Welt wäre gleichzeitig Mann und Frau, übervoll von Spiel und Liebe, Zärtlichkeit und Genuss, alle Menschen wären zueinander nett, und jeder würde so genommen, wie er wäre, es gäbe kein Gut und kein Böse, es gäbe überhaupt keine Wörter, nur noch Wahrnehmungen.

Mit dieser herrlichen Vision schlief ich ein. Das Torffloß trug mich durch die Nacht, und als ich aufwachte, war der abnehmende Mond schon verblasst und ich ans Ufer des Teichs geworfen worden. Das Wasser im Teich war pechschwarz, ich blickte in seine bodenlose Tiefe und sah die Lichter und Schatten der Wolken sowie mich selbst auf der zitternden Oberfläche. Ich sah das gelassene Gesicht einer schönen jungen Frau und dazu einen falsch herum aufgepflanzten Fahnenmast. Daran wehte die Lottafahne. Ich drehte mich um und sah ein Stück weiter hinten unser Lager am Ufersaum. Dort lagen alle im warmen Schlaf. Ich schlich zur Feuerstelle, klaubte kreuz und quer Reiser auf, entzündete sie mithilfe von Birkenrinde und kochte eine große Kanne Kaffee. Als die anderen aufwachten, waren sie froh, weil sie sofort an die heiße Kanne konnten.

Nach dem Kittilä-Lager hatte ich einen solchen Auftrieb, dass mich nichts mehr hielt. Ich war erfüllt von der Lottaidee und der Sache der Weißen. Beide gründeten auf dem deutschen Idealismus und Überlegenheitsgefühl sowie auf Russenhass und der Vorstellung, dass es unsere Aufgabe sei, sämtliche Finnisch sprechenden Völker unserem Finnland anzuschließen. Das Fundament von alledem bestand jedoch in der heiligen Dreifaltigkeit: Heimat, Glaube, Vaterland. War mir nur recht. Ich machte es mir zur Aufgabe, alle Menschen zum Weiße-Garde-Glauben zu bekehren. Nirgendwo konnte ich den Mund halten, nicht mal am Esstisch. Meine Mutter war schlimm dran mit mir und meinen Reden, weil sie sich von Haus aus den weniger radikalen Jungfinnen zugehörig fühlte, so wie es auch bei meinem Vater als jungem Mann gewesen war. Dann kamen die Lottatage in Kemi, und da wollte ich unbedingt hin. Meine Mutter sagte erst Nein, doch als meine Schwester Rebekka versprach, auf mich aufzupassen, lenkte sie ein. Ich machte Rebekka nach, zog mir ein Lottakleid an und hielt dort die erste kleine Rede meines Lebens, in der ich behauptete, das Vaterland sei ein Wert an sich und ein Opfer, das man dafür bringe, niemals umsonst. Das Fest gipfelte in einer Parade, an der außer den Lottas stattliche, mit Uniformen ausstaffierte Angehörige der Weißen Truppen teilnahmen. Die harmonische Schönheit der Parade beflügelte unseren Kampfeswillen und inspirierte uns für den bevorstehenden Krieg gegen den Russen.

Mein Vater Juho war ins reichste Bauerngeschlecht und gleichzeitig in die einzige Kaufmannsfamilie von Kittilä hineingeboren worden. Er wurde der erste Agronom im Ort. Mein Großvater Fransi war gestorben, bevor ich zur Welt kam, und meine Oma Elve, also die Mutter meines Vaters, war eine reinblütige Samin. Sie wurde hunderteins. Sie war nicht etwa der Spross einer armseligen Fischerfamilie, sondern stammte aus einer Sippe von Rentiernomaden und hatte sich schon als Kind wie eine Prinzessin von einem Rentier die Hänge der Fjälls rauf- und runterziehen lassen. Wenn der härteste Winter vorbei war, verspritzte Oma Elve Rentiermilch in Richtung Sonne, weil das nach der Dunkelheit und Kälte Licht und Wärme brachte. Der Pfarrer von Kittilä beschimpfte sie als fleischeslüsterne Sau und als vom

Teufel verhexte Hündin, weil sie sich nichts aus seinen todernsten, eintönigen Predigten machte. Ich war Elves Lieblingskind, und sie brachte mir allerhand alte Kniffe bei. Meine Mutter Ida stammte aus Helsinki und gehörte einem finnlandschwedischen Adelsgeschlecht an. Oma Hiltrud, also die Mutter meiner Mutter, war eine geheime Vertraute des Generalgouverneurs Bobrikow gewesen und Opa Thomas ein bekannter Geschäftsmann, der schrecklich viel Geld gemacht und dann alles verloren hatte. An beide habe ich keine Erinnerung mehr, weil auch sie verstarben, noch ehe ich auf der Welt erschien.

Ich hätte ansonsten nie etwas von der Explosion der Weltmärkte erfahren und von der Rezession, die in New York begonnen hatte – doch all das wurde auch mir um die Ohren gehauen, als das geliebte Elternhaus meines Vaters unter den Hammer kam. Onkel Matti war nach dem Tod von Opa und Oma der Hausherr gewesen. Er hatte Wechsel aufnehmen müssen, und zwar von Paksuniemi, dem reichsten Landwirt von Kittilä und einem Schulkameraden meines Vaters. Als es an die Rückzahlung ging, hatte Onkel Matti kein Geld, und der wohlhabende Bauer kam auf die Idee, für die Sommerseite seines Hauses zwei Kammern mehr zu brauchen und sie sich als Gegenleistung von Matti zu holen. Ich war damals bei meinem Onkel zu Besuch, schlürfte gerade Himbeerblättertee und schrieb Tagebuch und Gedichte, als dieser Paksuniemi mit ein paar Arbeitern aufs Gut marschiert kam. Bis zum Mittag hatten sie die hinteren Kammern abgesägt und transportierten die Balken am Nachmittag mit dem Pferd ab. So blieb das geliebte Geburtshaus meines Vaters geschändet und entehrt weinend zurück. Onkel Matti sagte, inzwischen hätten nur noch die Reichen Geld, die arbeitsfähigen Arbeitslosen trotteten über die Landstraßen, weil ihnen die Arbeit weggenommen worden war, und zusätzlich zur grassierenden Armut und zum Mangel hatte es mehrere Jahre hintereinander Missernten gegeben, auch viele andere Höfe waren unter den Hammer gekommen, die Wechsel ernteten die Felder ab, und Ankündigungen von Zwangsversteigerungen füllten die Zeitungen.

Da füllte ein sehr klarer Gedanke meinen Kopf, nämlich der, dass auch in Finnland ein zackiger Führer gebraucht wurde, der Nein sagt und auf die Stimme der Armen und derjenigen hört, die von den Märkten beiseitegefegt werden. Die Kommunisten taugten dazu nicht. Man musste sich nur Onkel Matti ansehen, der ja ein Roter war. Der greinte bloß, dabei hätte er die Axt in die Hand nehmen und sein Eigentum verteidigen müssen. Ich beschloss, das Spiel beim Lotta Svärd zwar zu Ende zu spielen, es dabei aber nicht zu belassen. Es waren härteres, klareres und einfacheres Denken und Handeln nötig, damit Finnland sich wieder erheben konnte.

Die Kammern von Onkel Mattis schönem Haus waren dahin. Als irgendwann der Aufschwung kam und die Missernten wieder von kornreichen Zeiten abgelöst wurden, baute er sich neue Kammern, bessere als die alten, und ließ darin hohe Öfen mauern. Ich mochte Onkel Matti, und es störte mich nicht, dass er ein Roter war. Er hatte die gleiche Nase wie mein Vater, war vom Charakter her aber lascher. Als ich noch ein albernes Gör gewesen war, hatte er sich mich mal geschnappt und mit in den Wald genommen. Es war Sommer gewesen, und die Mücken hatten nach Blut gelechzt. Er trug mich durch ein sumpfiges Reisermoor. Wo er mich hinbringen wollte, weiß ich nicht, aber er trug mich, und ich hatte kein bisschen Angst. Er quasselte mir ins Ohr, man dürfe nie allein in so einen Sumpf gehen, in den Sumpftümpeln ertränken Menschen und Tiere, und im Sumpf gebe es allerlei Plagen, vor denen man sich hüten müsse, wie die Arschpest, den Mistkäfer, der dem Menschen böses Blut in die Adern spritzt, sowie schwindsüchtiges Ungeziefer. Hier versteckten sich Räuber und Mörder, die alle Hoffnung fahren gelassen hätten, außerdem seien hier getötete Kinder und unerwünschte Leibesfrüchte versenkt worden. Ich fing an zu heulen. Mein Onkel beruhigte mich, alles sei gut, aber ich müsse immer daran denken, was er gesagt habe.

Das tat ich und fuhr danach mit dem Fahrrad jedes Mal in schrecklicher Geschwindigkeit an den Sümpfen vorbei, die es in Lappland hinter jeder Kurve gibt. Als ich größer war, machte ich Halt, wenn ich so einen Sumpf sah, und starrte unverwandt hin, weil ich die Angst besiegen wollte.

Auf diese Weise bezwang ich das Grauen Stück für Stück und fing sogar an, die Sümpfe und das Sumpfland zu lieben, all die Aapamoore, Weißmoore und die weiten baumlosen Sümpfe.

Die Zeit, in der ich zur Welt kam, war eine Zeit

des Hasses. Die Zeit, in der ich zur Frau heranwuchs,

war eine Zeit des Hasses und der Rache.

Am selben Tag, an dem mein Vater seinen letzten Atemzug machte, war der Oberst bei uns zu Besuch. Ich lauschte heimlich an der Tür, was mein Vater und er besprachen. Der Oberst sagte: Wenn Hindenburg erst mal die Haxen langmacht, geht die Macht ohne einen Gewehrschuss an Hitler, weil der das Geld hinter sich hat, und dann gibt er den Deutschen die Arbeit, den Wohlstand und den Stolz zurück und erobert die ganze Welt. Darauf mein Vater: Wir sind ja Freunde der Deutschen und werden dann sozusagen als Mitläufer die Gelegenheit haben, unsere Stammesvölker vom Joch der Russen zu befreien, und dann können alle Länder, die Lönnrot im Kalevala-Epos bekannt gemacht hat, Finnland angeschlossen werden, bis hin zum Ural. Der Oberst meinte, kein Finne wolle, dass die Welt uns als nördlichstes Land des Baltikums ansehe. Darauf mein Vater: Natürlich nicht, bald beginnt der Krieg, wir haben das Nickelbergwerk in Petsamo und darum keinen Tag Not.

Ich hatte schon als Kind den Verdacht, dass das Verhältnis zwischen meinem Vater und dem Oberst eine Sache für sich war. Einmal rutschte meiner Mutter heraus, der Oberst habe damals im Ausbildungslager der Jägersoldaten in Deutschland meinen Vater gerettet, als der sich nach einer unschönen Folge von Vorfällen habe aufhängen wollen.

Am frühen Abend fuhr der Oberst heim, und mein Vater bat mich, mit ihm in die Sauna zu gehen, weil ich seine Lieblingstochter war. Wir machten abwechselnd Aufgüsse wie die Verrückten, ich bearbeitete mit dem Birkenbüschel seinen Rücken, und wir tranken Hausbier in der Saunakammer. Er erzählte mir, wie er und meine Mutter auf Hochzeitsreise in Kopenhagen gewesen waren. Es war zur damaligen Zeit in Kittilä natürlich unerhört gewesen, dass ein junges Paar zur Turtelreise ins Ausland fuhr. Im runebergischen Adelsgeschlecht meiner Mutter war das allerdings so was wie ein Muss. Oma und Opa in Helsinki unterstützten sie, Oma und Opa in Kittilä waren dagegen, weil sie angeblich ja auch so schrecklich gläubig waren, beinahe Alt-Laestadianer. Das Brautpaar wohnte in der Innenstadt von Kopenhagen in einer Pension und lebte wie die Königlichen. Es dauerte nicht lange, da ging ihnen das Geld aus. Mein Vater rief erst seine Schwester in Rovaniemi an, sie solle was schicken. Die Schwester erwiderte, sie schicke keinen Penni, sie halte meinen Vater sowieso für einen Hallodri, weil er als Agronom und Rektor der Molkereischule eine Schülerin geheiratet habe. Dann rief mein Vater das einzige Telefon von Kittilä an, das in seinem Elternhaus stand, und zu seinem Glück meldete sich Onkel Matti. Matti schickte das Geld sofort, aber die Post war langsam. Der Betreiber der Pension verlangte die Miete und verstand nicht, was gemeint war, als mein Vater ihm auf Lateinisch erklärte: *Pecunia venit*. Der Mann rief die Polizei, und mein Vater kam in Schuldhaft. Meine Mutter war gerade in einer Konditorei gewesen, um Gebäck zu kaufen, und als sie zurückkam, war mein Vater weg. In ihrer Not fragte sie den Pensionsbesitzer in klarem Schwedisch, wo ihr frischgebackener Ehemann sei. Der Mann gab auf Dänisch etwas zurück, was meine Mutter nicht verstand. Sie blieb eine geschlagene Woche lang in ihrem Zimmer und weinte, ohne etwas anderes zu essen als das Gebäck, und zu trinken hatte sie nur Champagner. Sie glaubte, mein Vater habe eine neue Frau gefunden, sei mit dieser durchgebrannt und habe sie verlassen. Eines dunklen Abends tauchte er mit einem Bündel Geld in der Hand auf und fand seine Frau schier gelähmt im Bett vor. Schon bald war alles wieder im Lot. Zur Erinnerung kauften sie sich einen Kinderwagen, der nach einem hohen viktorianischen Modell gefertigt war, weil ihnen gedämmert hatte, dass meine Mutter ihr erstes Kind erwartete, nämlich Rebekka. In eben diesem Kinderwagen habe auch ich die ersten Monate auf der faulen Haut gelegen und mir an Wintertagen die wilden Nordlichtschauspiele am lappischen Horizont und im heißen Sommer den blauweißen Tageshimmel angeguckt.

Nach dieser Geschichte machten wir noch einen Aufguss und marschierten später quer über den Hof zur Lehrerwohnung. Mitten auf dem Schulgelände sank mein Vater direkt vor meinen Augen zu Boden. Mit verdrehten Augen lag er da, drückte mit letzter Kraft meine Hand und sagte: Du bist mein schwarzer Engel. Eine winzige Blutspur rann aus seinem Mund und setzte ihren Weg auf die dunkle Erde fort. Für mich war das so schrecklich, dass ich mich immer noch nicht davon erholt habe. Lange Jahre dachte ich, der Tod meines Vaters sei Gottes Rache gewesen, weil ich die Männer heimlich belauscht hatte.

Nach dem Tod meines Vaters hätte Onkel Matti ein Vaterersatz für mich werden können, aber diesen Platz nahm der Oberst ein. Mein Onkel war zu lasch, und meine Mutter brauchte einen fähigen Mann an Vaters Stelle. Uns Töchter erzog sie mit Angst. Bevor sie den Riemen sprechen ließ, sagte sie immer, wer mit der Rute spare, hasse seine Kinder, und nach dem Durchhauen erkundigte sie sich, ob der Schmerz auch im Gehirn angekommen sei. Darauf musste man mit Ja antworten. Und es stimmte: Alles blieb im Gedächtnis und als Schmerz im Körper hängen. Meine Mutter schlug zu, dass das Blut nur so aus den Hinterbacken quoll, und darum wurden wir Mädchen von Grund auf schreckhaft. Ich konnte mir in meiner Not die Perlen vom Hals fressen, den Saum vom Rock und am Fausthandschuh nagen. Einmal sagte Rebekka zu mir: Stell den kleinen Zeh auf den Hackklotz, dann kitzle ich ihn mit der Axt. Ich tat, was meine große Schwester mir befahl, und im selben Moment flog mein kleiner Zeh an die Wand des Holzschuppens. Meine Mutter verdrosch uns alle beide und verband erst dann meinen Fuß. Der Blutverlust war so stark, dass ich Fieber bekam und zwei Wochen halb tot im Bett lag. Als es besser wurde, sagte meine Mutter, was nicht töte, härte ab. Meine Mutter war klein, dünn und schmächtig. Ich war schon mit zehn größer und stärker als sie, trotzdem hatte man sich ihren Erziehungsmaßnahmen zu beugen. Ich walke euch zu anständigen und tugendhaften Töchtern durch, lautete ihre Leier, im Wesen eines Mädchens und einer Frau muss man den Willen Gottes erkennen. Sie war ein tiefgläubiger Mensch und immer irgendwie wütend, hatte in einem fort Angst um uns, und das weckt in einem ausgewachsenen

Menschen eben einen solchen Zorn. Ihr Lieblingssatz war: Alles, was nicht nötig ist, ist Sünde. Natürlich galt das nicht für sie selbst, sondern lediglich für uns Blagen, die nie etwas tun durften, was sich ihrer Meinung nach nicht schickte. Taten wir es doch, dann kam der Herr aus dem Birkenwald zu Wort. Ich war gerade mal vier, lag an einem Sommertag in Kittilä auf dem Dach von Onkel Mattis Erdkeller und genoss die Sonne. Ich zog die Hose aus und fing an, an meiner Fut herumzuspielen, als meine Mutter vorbeikam und sah, was ich tat. Sie schrie mich an, was ich da machte, sei schändlich, und wenn ich es noch einmal täte, bestrafte mich Gott und machte mich blind. Natürlich erschrak ich und fing an zu heulen. Als ich dann ein bisschen älter war, hielt meine Mutter mir Vorträge, alles Körperliche sei eine Entweihung der Seele, hindere den Verstand im Kopf am Wachsen und mache wahnsinnig. Seitdem habe ich versucht, sobald ich meiner Mutter aus den Augen kam, diese Regeln so oft wie möglich zu brechen.

Mein Vater wurde schön begraben, und ich war allein. Meine Welt wurde öd und leer. Insgeheim dachte ich, entweder ich sterbe, oder ich gehe den Weg, den mein Vater ausgetreten hat, weiter.

Im Sommer nach der Beerdigung fand in Oulu das Stammesfest statt. Ich sagte zu meiner Mutter, die Schwarzhemden aus Lapua lüden dazu im Geist unseres Vaters ein, darauf sie: Zieh deinen Vater da nicht mit rein, zu diesem Fest lass ich dich nicht gehen. Ich quengelte, Rebekka fahre doch auch hin. Meine Mutter blieb stur: Ich lass euch irrsinnige Gören nicht mit den Faschisten Radau machen, auch der

Patriotismus hat seine Grenzen. Rebekka blieb daheim, aber ich haute ab.

Der Zug spuckte mich am Vormittag am Bahnhof von Oulu aus. Die Kirchenglocken läuteten, eine Kapelle spielte vorm Haupteingang des Bahnhofs einen Marsch, und überall herrschte fröhliche Stimmung. Die Parade und die Festreden waren für den Mittag am Rathaus angekündigt. Ich guckte mich eine Zeit lang um, dann schloss ich mich einer Gruppe von einigen Männern an, die auf dem Weg in Richtung Hauptplatz waren. Am Rand des Platzes setzte ich mich auf die Treppe vor einem Gebäude und nahm meinen in Butterpapier eingewickelten Proviant aus der Tasche. Im nächsten Moment setzte sich Ritva Rämevaara neben mich, eine ehemalige Schulkameradin. Sie sei jetzt eine Rote, sagte sie, und auf dem Weg zum Lager des kommunistischen Jugendbunds. Dann haben wir ja außer der Vergangenheit noch eine Menge mehr Gemeinsamkeiten, erwiderte ich, weil wir beide von einer Bewegung verzückt sind, dem Umsturz entgegenfiebern und vor Trotz brennen. Ich finde, dass die Demokratie erschlafft ist und das neue Europa eine forsche Führung braucht, und da bist du bestimmt der gleichen Meinung. Sie nickte. Ich bot ihr ein Butterbrot an, wir bequatschten sämtliche Neuigkeiten und Gerüchte, und dann gingen wir in verschiedene Richtungen weiter. Ich huschte dorthin, wo die Hauptbühne des Festes war. Die Sonne schien so richtig kalt von Osten her, und wir waren viele. Genau um Mittag erschienen zwei große schwarze Autos, und die hielten hinter dem Rednerpodest. Aus dem einen stieg langsam und würdevoll Vihtori Kosola, der König der Lapua-Leute. Schweigend schauten wir zu, wie er die Bühne betrat. Er hatte etwas von Paavo Nurmi und von Tauno Palo mit einer Prise Mussolini. Von Paavo hatte er den Schritt, von Tauno die Augen und den Blick, von Mussolini die Gestik der italienischen Faschisten, und die Rede ging wie ein frisch geschliffenes Messer durch mich hindurch. Mich faszinierten Wörter wie Rasse, was ich im Kopf sofort mit Bluterbe und der Ehre der Väter in Verbindung brachte, Heldentum, das für mich den Geist der Heiligenlegenden und die einfache Schönheit des spartanischen Kriegers bedeutete, und Askese, das wiederum hieß, dass Geld und Reichtum kein Glück bringen, sondern der starke Glaube an Gott und das blühende erweiterte Vaterland. Kosola erklärte, unser finnisches Nationalgefühl habe sich viel schwächer entwickelt als das der intelligenten und neugierigen Deutschen, und dass es unsere Aufgabe sei, den Vorsprung aufzuholen und dann vorbeizuziehen. Nach diesen Reden hatte mich die Zauberkraft des Faschismus mitgerissen, und alles schien möglich. Zwischen Kosola und mir sowie der gesamten Zuhörerschaft bestand eine direkte Verbindung, als wären alle Leitungen vollkommen offen. Ich kaufte mir an einem Stand ein schwarzes Hemd und zog es mir über das Lottakleid. Bald spielte die Kapelle Marschmusik, die Parade rottete sich zusammen, und wir machten uns auf den Weg zum – war es jetzt zum Haus der Weißen Truppen oder zur Freiwilligen Feuerwehr? Jedenfalls marschierte ich mit Eifer und Hoffnung mit, als einzige junge Frau zwischen lauter dickbäuchigen Bauern. Die Ostsee wird zur Deutschlandsee, riefen wir, wir wollen ein Einparteiensystem nach deutschem Vorbild, weil wir so am besten den Bolschewismus zurückschlagen, mit der Gewerkschaftsbewegung muss

Schluss sein, und in Finnland muss eine Arbeitsfrontorganisation gegründet werden, in der Arbeitgeber und Arbeiter sich gemeinsam zum Wohle eines weißen Finnlands ins Zeug legen und so weiter.

Ein kluger Mensch hat mal gesagt, hingeben könne man sich nur ein Mal, aber das Leben hat mir gezeigt, dass man sich immer wieder hingeben kann.

Nach dem Marsch fragte der Führer unserer Abteilung, ob ich mit ihm in die Schule nebenan kommen wolle, er werde mir ein Bild vom Marschall zeigen, das ich bestimmt noch nie gesehen hätte. Gutgläubig, wie ich war, ging ich mit, aber als wir die Schule betraten, stieß er mich in den Geräteraum der Turnhalle und nahm mich dort mit Gewalt.

Ich blieb auf dem Fußboden liegen, weil ich mich nicht bewegen konnte. Vom Nabel abwärts war ich wie aus Eis, und die Beine funktionierten nicht mehr, nicht mal die Zunge. Es kam mir vor, als hätte man mir einen großen, rostigen Nagel in den Kopf geschlagen. Erst in der Nacht konnte ich den kleinen Finger so weit bewegen, dass sich die Muskelverspannung löste, und irgendwann auf allen vieren davonkriechen.

Vollkommen erschlagen kehrte ich nach Hause zurück, und die Wut meiner Mutter legte sich sofort, als sie sah, in was für einem erbärmlichen Zustand ich war. Sie erschrak richtig, fragte sich, ob mich die Pest erwischt oder ob ich die fliegende Schwindsucht bekommen hätte. Blass, mit entsetzlichem Kopfweh und niedergeschlagen wanderte ich zwischen den staubigen Geranien, dem Bronzenippes und den chinesischen Bodenvasen hin und her und antwortete, ich hätte bloß eine furchtbare Erkältung und sei deshalb völlig erledigt. Sie schluckte es, trotzdem spürte ich, dass ich sofort von zu Hause wegmusste, weil ich mich durch den Zwangsbeischlaf so fürchterlich eklig fühlte. Ich beschloss zu tun, was auch Deutschland getan hatte, nämlich für eine Überraschung zu sorgen: das erstbeste männliche Wesen zu heiraten, das mir über den Weg lief. Mittels einer Ehe kann ich von zu Hause ausziehen und alles Alte beiseitewischen, dachte ich, so wie es der Führer ab dreiunddreißig getan hatte.

Es war die Zeit der Kartoffelernte, und ich ging zu den Laakkonens, Grumbeeren lesen. Dort fiel mein Blick auf einen Kater, der irgendwo in den Seendörfern wohnte. Er war nicht hässlich und nicht schön, er war gar nichts, an den Namen kann ich mich nicht mehr erinnern. Ich nenne ihn hier Kauno, der Schöne, weil er kurzbeinig war. Den heiratete ich, und zu dem zog ich, auf einen Bauernhof. Als Erbschaft bekam ich den großen Spiegel mit Goldrahmen, den mein Vater im Ingermanland gekauft hatte, und das alte Klavier meiner Mutter, das so verstimmt war, dass man darauf eigentlich nicht spielen konnte, aber ich tat es trotzdem. Der Bund hielt vom Herbst bis zum Frühling. An dem Dussel war an sich nichts auszusetzen gewesen, außer dass er ständig bis zum Hals in der Erde steckte, nur war ich der Ansicht, ich sei für Größeres geschaffen, die Rolle der Bäuerin war mir schon in der Vorstellung viel zu klein. Ich wollte aus der Ehe raus, sie hatte schließlich ihren Zweck erfüllt.

Die Scheidung reichte ich ein, als Deutschland den Versailler Friedensvertrag kündigte. Ich wollte meine natürlichen Instinkte zurück, und das wollte Deutschland auch. Doch eine Scheidung war schwer zu bekommen, und mir blieb nichts übrig, als zu warten. Mein Leben schleppte sich der Scheidung entgegen, und passend dazu schmeckte das Treiben der Lapua-Bewegung und ihrer Erbin, der Vaterländischen Volksbewegung, immer mehr nach Misthaufen. Im Dorf ging ich ins Haus des Sportvereins und hörte mir an, wie die alten Bauern diejenigen Dorfbewohner auflisteten, die als Nächstes abgeschlachtet werden sollten. Sie höhnten über jüdische Männer mit Zigarren, die um Asyl in Finnland ansuchten, obwohl sie es sich leisten konnten, teuren Tabak zu rauchen. Abgelehnt. Die armen Juden wiederum bettelten aus wirtschaftlichen und aus humanitären Gründen um Asyl. Abgelehnt. Jeder Jude abgelehnt. Die kommen in die Lager.

Nach dem Vorfall mit dem Schreiberling Grönroos lief mein Fass über. Der betrieb die Dorfapotheke in seinem eigenen Haus und schrieb nebenbei Geschichten im Geiste Santeri Alkios für *Der heimische Herd*. Mindestens einmal in der Woche ging ich zu ihm, um zu quatschen. Mal redeten wir über Bücher, mal übers Leben. Grönroos erklärte mir, es gebe auf der Welt nur ein echtes ernstes philosophisches Problem: die Selbsttötung. Darüber denke ich bis zum heutigen Tag nach.

Eines Morgens, als Kauno in den Stall ging, hörte er beim Misthaufen ein Röcheln und ein seltsames Wimmern. Er glaubte schon, das Schwein hätte sich in die Mistkammer verirrt, und riss die Tür auf, damit das Vieh rauskonnte, als er auf dem Misthaufen einen Leinwandsack bemerkte, in dem sich etwas bewegte. Von daher kam das Röcheln. Er zog den Sack ein Stück auf. Grönroos steckte darin. Kauno rannte ins Haus, um Hilfe zu holen, worauf ich natürlich gleich mit der Kampferflasche hinlief. War ein blutiger Anblick. Ich zu Grönroos: Lebst du noch? Er lebte, hatte aber für den Rest seines Lebens die Gicht. Die Kerle von der Vaterländischen Volksbewegung hatten den Griffelkuckuck mit der stumpfen Seite einer Axt zu Brei geschlagen. Mir gingen wegen dieser Episode derart die Gäule durch, dass ich mit dem Zug zu Kosola nach Lapua fuhr, doch der Hausherr war nicht in seiner Stube, sondern ins Büro der Bewegung gegangen. Ich nichts wie hin, und dort war Kosola gerade damit beschäftigt, die endgültige Weißwaschung Finnlands zu organisieren. Ich dachte noch, der Vihtori ist doch ein weiser Mann mit scharfem Verstand und beendet das Treiben der Deppen. Als Erstes erzählte ich ihm, wessen Tochter ich war, weil mein Vater und er sich im Befreiungskrieg kennengelernt hatten, und dann berichtete ich, wie es meinem Freund Grönroos ergangen war. Ich schwor, dass er kein Kommunist war, bloß ein harmloser Skribent im Geiste Alkios. Kosola hörte mir genau zu und sagte dann: Du hast ein zu weiches Herz, du musst härter werden, denn genau solche Schmierfinken machen den Weg für den Kommunismus frei. Geknickt trollte ich mich und beschloss, nie mehr an den Aktivitäten der finnischen Faschisten teilzunehmen. Ich wollte nicht bei Dummköpfen mitgehen, sondern dort marschieren, wo die Weisheit und der Verstand blühten. Kosolas stilloser Mussolini-Faschismus konnte mir gestohlen bleiben, ich machte einen Schritt weiter, aber auf einem anderen, reineren Weg. Ich rief mir die Worte meines Vaters in Erinnerung, dass alles Gute aus Deutschland komme: der Glaube von Luther, der Kaffee von Paulig. Ich ergänzte: der Nationalismus vom Führer. Von den aus miserablen Zutaten gebackenen finnischen Faschisten wandte ich den Blick ab und schaute zusehends nach Deutschland. Zu Beginn des Winters besuchte mich Rebekka auf dem Bauernhof, und wir verschanzten uns in der Dachkammer auf der Südseite. Dort lasen wir uns gegenseitig *Mein Kampf* vor und waren begeistert wie verrückte Gören. Ab und zu klopfte Kauno leise an die Tür, wir sollten ihn reinlassen. Geh weg, rief ich, hier wird über Frauenbeschwerden geredet. Rebekka las vor, wie der Führer ein fantastisches, funktionierendes Netz aus Konzentrationslagern bauen ließ, in die man die unreinen Menschen steckte. Zur damaligen Zeit gehörten Lager auf der ganzen Welt zum Leben dazu. Im Osten wie im Westen hatte man erkannt, dass sie ihren Zweck effektiv erfüllten. Diese Entwicklung geht weiter, dachte ich, und die Nazis werden schon keine barbarischen Blutlager bauen, wie wir sie im Befreiungskrieg hatten und noch lange danach. Weil die Deutschen als großes zivilisiertes Volk etwas von gutem Essen, von Hygiene und anderen solchen Sachen verstehen. Meinen ersten Deutschen hatte ich schon in den ersten Junitagen im Jahr achtzehn zu Gesicht bekommen, gleich nach dem Ende des Befreiungskriegs, als die deutschen Truppen von Helsinki nach Oulu kamen, um den Grund und Boden zu vermessen, den sie für ihren hielten. Schließlich war Finnland damals einen Zeitspalt lang deutsche Kolonie, und unsere Familie wohnte in jenem Sommer wegen der Arbeit meines Vaters in Oulu. Ich und Rebekka standen reglos bei ihm am Bahnhof und warteten auf die heiß ersehnten Ankömmlinge. Ich erinnere mich noch an den schwarzen Filzhut meines Vaters, an den Geruch seines Sommermantels und an Rebekkas weiße Schürze, auf die ich neidisch war.

Das Musikkorps der Deutschen haute auf die Pauke, Marschmusik schallte durch den klaren Sommertag, und süßer menschlicher Lärm und der Mief von Pferdescheiße hingen über den Gleisen. Aus den Zügen quollen Hunderte Deutsche: Offiziere, Angehörige des unteren Offizierskorps, Männer mit Drahteseln und Soldaten, die so zuckrig rochen, dass ich sie am liebsten abgeschleckt hätte. Manche hatten einen Sack voll Weizenmehl auf dem Rücken, manche ein Säckchen Reis. Einer der Soldaten kam direkt auf mich zu, nahm mich in den Arm, drückte mich, gab mir Küsse auf die Wangen, flüsterte mir deutsche Geheimnisse ins kleine Ohr, strich mir über die schwarzen Locken und hob mich auf die Schultern. Ich verliebte mich sofort in diesen großäugigen Deutschen, weil unser Vater nie nett zu uns Kindern war, sondern immer nur hinter seiner Zeitung vor sich hingrollte. Mit demselben Zug kam auch der Oberst an, geschliffen vom Weltkrieg und den Schlachten im Süden. Seine Aufgabe sollte darin bestehen, Disziplin und Ordnung in den wilden, freien Norden zu bringen. Rebekka erzählte, er und Oberst von Tschirschky, der als Kommandant der Deutschen fungierte, hätten mit uns den Bahnhof verlassen, bis zum Hauptplatz mit unserem Vater geschwatzt und sich dann der Parade der Deutschen angeschlossen. Daran erinnere ich mich nicht. Aber mein Vater und der Oberst hatten vieles gemeinsam: in jungen Jahren den Fußball, die weiße Idee, die Jägerbewegung, die Stammesideologie und nach dem Befreiungskrieg den Monarchismus. Mein Vater war anfangs schrecklich enttäuscht, weil Finnland nach dem Befreiungskrieg kein Königreich geworden war. Er hätte zu gern den hessischen Prinzen Friedrich Karl als König von

Finnland gesehen. Seiner Meinung nach hätte eine solche Regelung das Verhältnis zwischen uns und den Deutschen weiter gefestigt, aber das finnische Volk hatte nicht zugelassen, dass es so kam. Stattdessen jubelten die Demokraten uns die Demokratie unter, weil die deutsche Front im Westen brach und Deutschland den Ersten Weltkrieg verlor. Wir wollten nie auf der Seite des Verlierers stehen, sind aber immerzu dort gelandet.

Rebekka erzählte, wie Unteroffizier Hermann Suhlmann nach dem Begrüßungsmarsch am Rand des Hauptplatzes von Oulu eine Kantine aufgestellt hatte, zwischen Sutinens Hühnerställen und dem Tisch von Meister Vikman, der Maßanzüge für Männer machte. Hermann hatte lauter Leckereien im Angebot, die wir Lappländer nicht hatten. Mehrmals am Tag rannte ich mit Rebekka hin.

Es war, als lebten wir im Paradies. Rebekka sagte, ganz Oulu sei aufgeblüht. Sie tanzte jeden Abend bei der Freiwilligen Feuerwehr, und ich sah manchmal von der Tür aus zu. Ich weiß noch, wie bei der Schottischen und manchmal auch bei der Polka die Helme an der Garderobe schepperten.

Und dann die Abfahrt der Deutschen, als sie ihren Weg über Kajaani nach Viipuri fortsetzten. Die ist mir als furchtbares Trauma in Erinnerung geblieben. Der Himmel blickte düster auf uns herab, es regnete in Strömen, die Kirchenglocken läuteten, und alles, was die Deutschen mitgebracht hatten, wurde auf schwarze Güterwaggons geladen. Ich stand klatschnass auf der Ehrentribüne am Bahnhof hinter meinem Vater, meiner Mutter und den hohen Herrschaften von Oulu, als der Björneborger Marsch erklang und gleich danach Deutschland über alles. Rebekka rannte neben dem

Zug her, um Abschied von den geliebten deutschen Soldaten und Offizieren zu nehmen, meine Mutter weinte, die Schatten wurden dunkler, und Stille senkte sich auf uns nieder. Binnen weniger Tage war aus dem Paradies wieder der gewöhnliche Sack geworden, in dem die Menschen steckten und freudlos vor sich hinkümmerten.

In dem ausziehbaren Bett in Kaunos Dachkammer verglichen Rebekka und ich, welche Gemeinsamkeiten die schärfsten Denker der Vaterländischen Volksbewegung, also Leute wie Pastor Simojoki und Martti Pihkala, und die deutschen Nationalsozialisten hatten. Es gab etliche. Wir hassten die Demokratie, den Liberalismus, die Russen und die Kommunisten, wir machten uns Sorgen um das Schicksal unseres geliebten Vaterlands in den Klauen der Wirtschaftskrise und träumten von einem nationalistischen Idealstaat, in dem es nur eine Partei, einen Führer und ein Volk gibt. Von einem Land ohne Unstimmigkeiten, Krisen und Probleme, in dem Zucht und Ordnung herrschen, Gehorsam und Treue. Von einem Land mit einem starken Führer, der für die Sache des Herrn kämpft, mit einem starken Staat, in dem der Einzelne ein Teil im funktionierenden Räderwerk ist, in dem den Volksangehörigen ein starker Wille kennzeichnet und Ideale wie Opferbereitschaft und Entsagung noch etwas gelten, in dem Militarismus, Industrie und Landwirtschaft aufblühen, in dem die reine arische, also germanische Rasse die Herrschaft über die niederen Rassen ausübt, in dem als sozialdarwinistisches Ideenerbe die Macht des Stärkeren und eine reinigende biologische Rassenlehre herrschen, die ideologische Trennung von Seele und Geist, Massenpsychologie, mythische und dualistische Auffassungen von Geschichte und Welt, Heldenkult, die Schmähung christlicher und religiöser Prinzipien und die Verachtung des Femininen.

Alles in allem stellten wir fest, dass der Nazismus unsere neue Heimat war und es nur ein mögliches Oberhaupt gab, nämlich den Führer.

Rebekka kehrte nach Helsinki zurück und schickte mir sofort Bücher, die sie von Maila Talvio bekommen hatte. Sie hatte die Schriftstellerin in den Kreisen der Hauptstadt kennengelernt und sich mit ihr angefreundet. Maila war schon seit zweiundzwanzig Anhängerin des Führers, weil sie als große Freundin Deutschlands vielfältige direkte Kontakte in die Richtung hatte. Ich abonnierte den *Angriff*, den Goebbels herausgab. Ich kann ehrlich sagen, dass ich von Anfang an verstanden habe, auf welchen Idealen und Ideen das Dritte Reich aufgebaut war. Der Führer hatte entschieden, dass Deutschland alles, was es brauche, selbst produziere, also dass Autarkie das Beste sei. Sie hatten ja auch alles, es fehlte bloß an Nickel, Kugellagern und Geld. All das wurde für den kommenden Krieg gebraucht. Wir wiederum hatten in Petsamo das größte Nickelbergwerk Europas. Der Führer verbot Tierversuche, redete von pflanzlichem Essen und davon, dass nur eine gesunde Seele in einem gesunden Körper einen ausgeglichenen Strom aus allen Energien ausstrahle. Das alles begeisterte mich. Mit den Juden und dem übrigen Pack hatte ich kein Mitleid. Die mussten weg, als Preis für eine Welt, die besser, sauberer und schöner wäre. Ich war ja von klein auf eine Scheinheilige wie meine Patentante gewesen.

Ich sah vor mir, wie Deutschland erst Europa und dann die ganze Welt auf eine neue Stufe der Ordnung führte, und wollte bei dieser Aufbauarbeit dabei sein. Deutschland ließ die Weimarer Republik, die voller Arbeitslosigkeit gewesen war, hinter sich und stürmte energisch wie Pastor Elias Simojoki einer neuen, besseren, klareren und einfacheren Welt entgegen.

Endlich brachte die Post die Scheidungserlaubnis, und ich sagte Kauno nett auf Wiedersehen, bewarb mich um eine Stelle als Lehrerin in Hirttojärvi und bekam sie auch. Der Lehrer für die oberen Klassen hieß Taavi Rintaopas. Er war sowohl Pfarrer als auch Angehöriger der Jägertruppe und unterrichtete immer in Uniform, mit Ordensbändern an der Brust. Er predigte den Kreuzzug gegen den Russen und den Teufel in einem Atemzug. Ich war eine freundliche Lehrerin und behandelte die Blagen mit Respekt. Ich brachte ihnen bei, dass man die Natur und die Tiere achten muss, und das verstanden sie. Die Gleichwertigkeit von Natur und Mensch, die ein Erwachsener nicht mehr begreift, eigneten sie sich instinktiv an. Wenn die Menschheit von der Erde verschwindet, erklärte ich ihnen, vergehen keine fünfhundert Jahre, bis alles von Urwald bedeckt ist. Natürlich wunderten sich die Dorfbewohner, wenn ich zum Beispiel eine Rechenstunde an der Flussböschung oder am Seeufer abhielt, aber ich fühlte mich an der frischen Luft wohler als drinnen, und darum war ich mit den Kindern fast immer draußen. Sie beschwerten sich nicht. Sie kamen sogar in die Schule, wenn sie krank waren.

Den Lehrerberuf hatte ich mir nach dem Vorbild meines Vaters ausgesucht. Vor seinem Tod waren wir Kinder seine Schüler gewesen. Er war ein strenger Lehrer gewesen, wie es den Grundsätzen der damaligen Zeit entsprach. Als ich einmal in der Rechenstunde eine falsche Antwort gab, zog er mir den Kartenstock übers Ohr, dass das Blut spritzte. Als Vater war er gelassen und gnädig, im Gegensatz zu unserer Mutter, die uns aus bloßem Vergnügen auf Schwedisch durchprügelte. Mein Vater hatte die Jägerausbildung im selben Kurs wie der Oberst gemacht. Zwischen ihnen bestand ein Band, von dem meine Mutter eine klare Vorstellung hatte: Sie kamen aus demselben Topf, obwohl mein Vater den Oberst nicht mal leiden konnte. Als der sich gegenüber von uns als Kommandant des Grenzschutzes eine Blockhausvilla bauen ließ, verbot uns mein Vater hinzugehen. Ich war damals vier und ging natürlich trotzdem, sobald mein Vater nicht hinsah. Als ich ein bisschen größer war, fing ich an, mich vor dem Oberst zu fürchten. Vielleicht weil er mich immer kitzelte, nachdem er mir etwas Süßes gegeben hatte?

Er hatte die Angewohnheit, bei uns im Sessel zu sitzen und von dort aus seine Wahrheiten zu verbreiten: Ståhlberg versteht nichts vom finnischen Volk und von den finnischen Werten, er ist ein Scheißpräsident und ein Spitzel der Russen, man muss wieder Zucht und Ordnung einführen, die Jugend hat vor lauter Tanzen die Moral sausen lassen und ist durch und durch verkommen und faul, nichts ist den jungen Leuten mehr heilig, und darum sind sie zu Sklaven der Laster geworden, sie verschmähen die Tugend und geben sich der Verlockung hin, außerdem muss endlich mit dem Verhätscheln der Roten Schluss sein. Wenn zum Beispiel Onkel Matti zufällig bei uns war und widersprach, fing der Oberst an zu brüllen und ihm zu drohen und zog schließlich die Parabellum aus der Tasche. Wir Kinder ahnten, dass der

Oberst immer recht hatte und alles wusste – was ja auch stimmte. Mich guckte er immer nur kurz mit einem Grinsen im Gesicht an, aber Rebekka musterte er gründlich.

Als ich zwei Jahre nach dem Tod meines Vaters meinen dreizehnten Geburtstag feierte, kamen mein Patenonkel und meine Tante, Onkel Matti und der Oberst zu Besuch. Er hatte glattes Haar mit einem Scheitel in der Mitte, lange Wimpern und Sternaugen, vom Haaransatz gingen kurze Koteletten aus, und er lächelte gut gelaunt. Über der oberen Tasche des Waffenrocks sah man keine bunten Bänderreihen wie bei anderen Männern seines Ranges, der oberste Kragenknopf stand offen, die Hose saß locker, dazu trug er Lappenstiefel aus hellem Leder. Er war anders als die anderen Offiziere, und auch wenn er alt war, sah er gut aus. Als Geschenk brachte er mir einen Gedichtband von Koskenniemi mit. Das Buch gewann ich sehr lieb. Und ich kapierte, dass ich keine Angst mehr vor dem Oberst hatte. Auf Wunsch meiner Mutter las ich am Kaffeetisch dann ein selbst geschriebenes Gedicht vor und merkte, dass mich der Oberst mit einem Mal anders ansah als früher. Nach der Geburtstagsfeier nannte er mich immer »kleine Dichterin«. In den folgenden Jahren wurde mir sein Gucken sehr vertraut. Ich fand es furchtbar widerlich, gleichzeitig löste es irgendwie ein Kribbeln aus, dass er nur noch mich anstarrte und nicht mehr Rebekka. Onkel Matti war ebenfalls aufgefallen, wie der Oberst mich in Augenschein nahm, und als wir später unter uns waren, sprach er mit mir wie ein Vater: Nimm dich unbedingt vor diesem Oberst in Acht, er ist das grausame und skrupellose Zerrbild eines Menschen, der hat seine Seele an den Teufel verkauft. Solche Reden, dachte ich, sind nichts weiter als der Klassenhass eines neidischen Kommunisten.

Ich war neun, als der Oberst und Katri getraut wurden. Unsere Familie ging zur Hochzeit, angeführt von meinem Vater. Wir waren acht Töchter und ein Sohn. Mein Vater fummelte während der ganzen Hochzeit an seiner Nase herum.

Nach der Trauung von Katri und dem Oberst durfte ich noch zwei Sommer mit meinem Vater erleben, bevor er starb. Danach nahm der Oberst auch in unserem Haus die Zügel in die Hand, pflockte unsere Mutter an, schickte uns Kinder in die Mittelschule und danach, mit Ausnahme von Rebekka, aufs Lehrerseminar nach Jyväskylä. Rebekka hatte so viel Angst vor dem Oberst, dass sie bis nach Helsinki flüchtete, in den Schauspielkurs am Nationaltheater kam und später Schauspielerin wurde.

Der Oberst und Katri bezogen das Hauptquartier des Grenzschutzkommandanten, eben das große Blockhaus gegenüber von unserem Elternhaus. Dort wartete schon Hulda Häkki, eine alte Jungfer aus Kauliranta, die dem Oberst den Haushalt geführt hatte, seit er nach Lappland gekommen war. Der Oberst besuchte uns, und wir Kinder kreuzten bei ihm auf. Katri war eine kinderliebe Person, sie gab uns Hefewecken und manchmal auch Zuckerstangen, die sie aus Schweden mitbrachte. Ich mochte sie. Sie hatte traurige Augen, in die leicht das Wasser stieg.

Später, zur Zeit des Lapplandkriegs, sagte der Oberst in Tammisaari mal zu mir, er habe Katri nur geheiratet, weil er eine Gesellschafterin und kostenlose Fotze gebraucht habe, die so sauer und bitter schmecke, dass darin kein Samen keime.

Oberfeldwebel Alatalo, der Chauffeur vom Oberst, erzählte mir auch viel vom Oberst und von Katri. Er habe oft gesehen, wie Katri Wunden im Gesicht gehabt habe und ihre Arme so blau angelaufen seien, dass sie so gut wie nie kurzärmelige Kleider anziehe. Sie weine auch oft über ihren leeren Schoß. Eines Sommers hatte der Oberst von Nyström aus Petsamo zwei kleine Bärenjungen als Geschenk bekommen. Sie waren verwaist, und Nyström hatte sich wohl gedacht, das könnten Zwillinge für die Alte vom Oberst werden. Katri war schrecklich verliebt in die Dickerchen und kümmerte sich hingebungsvoll um sie. Dann ging sie im Herbst einmal aus dem Haus, um etwas zu erledigen. Als sie zurückkam, war von den Bärenjungen nichts zu sehen und zu hören. Auch vom Oberst nicht. Katri bekam es mit der Angst zu tun und suchte stundenlang nach den Welpen, bis sie die beiden in dem Wäldchen hinter dem Haus entdeckte. Sie hingen am Strick an einem Kiefernast. Katri brach zusammen und bekam später Krebs. Der Oberst versuchte, sie zu trösten, er habe die Tiere töten müssen, weil sie ansonsten sie beide umgebracht hätten. Das Trösten half aber nichts, und damit ging es mit ihrer Ehe endgültig bergab.

Nach dem Tod unseres Vaters schwatzte unsere Mutter den Oberst zunächst jahrelang Rebekka auf. Der Oberst ist ein guter Mensch, sagte sie immer, der als angesehener Soldat eine Familie ernähren kann, und verzog keine Miene, obwohl im Dorf geredet wurde, die Nutten des Obersts verschwänden auf seltsame Weise, und seine Ehefrauen und Geliebten verwandelten sich von blühenden Damen in schwankende Gespenster. Meine Mutter störte sich nicht mal daran, dass Rebekka den Oberst verabscheute. Oder daran, dass der Oberst mit Katri verheiratet war. Katri kränkelte im Haus des Grenzschutzkommandanten fünf Jahre lang still vor sich hin. Bald stirbt sie, unkte meine Mutter Tag für Tag. Aber sie starb einfach nicht. Schließlich schickte der Oberst sie nach Helsinki, und dort lag sie dann ein halbes Jahr in einem Krankenhaus, bis sich der Tod den gepeinigten Leib holte. Der Oberst hatte sie natürlich besucht, wenn er in Helsinki gewesen war, auch wenn er das nie erwähnte. Dann beerdigte er sie in aller Stille wohl auf dem Friedhof Hietaniemi.

Das ist meine Vergangenheit. So erinnere ich mich an sie.

Ich hielt schon im dritten Jahr in Hirttojärvi Schule, als jemand mitten in der Nacht ans Fenster meiner kleinen Lehrerwohnung klopfte. Es war der Oberst. Ich ließ ihn herein. Er roch nach Zigarren und Rasierseife, so wie mein Vater gerochen hatte. Wir gingen direkt ins Bett und fickten im Schein des zunehmenden Mondes bis zum frühen Morgen, dass dem Oberst die Säume am Waffenrock platzten. Als er sich in mich schob, verließ mich die Schwerkraft. Ich schwebte wie ein Vogel und vergaß mich selbst.

Grau und kalt brach der Morgen vor dem Fenster an. Der Oberst zuckte, jaulte und keuchte die ganze Zeit. Noch ehe ich die Augen aufschlagen konnte, fickte er mich erneut. Ich war mir sicher, dass ich davon trächtig würde, aber ich wurde es nicht. Der Oberst sagte, bei keiner Frau rieche die Möse so gut wie bei mir, und hielt auf Deutsch um meine Hand an, während er seinen Schwanz am geblümten Vorhang abtrocknete.

Wir verlobten uns heimlich am Unterstand Koiravuoma. Als Erstes zündete der Oberst eine Mückenspirale an, dann schob er mir einen Saphirring, den er aus Deutschland mitgebracht hatte und in dem »Ruth 6.6.06« eingraviert war, über den Mittelfinger der rechten Hand. Ich war im siebten

Himmel, obwohl um uns herum Rentierkadaver lagen. Der Sommer hatte ihre Bäuche aufgebläht, und sie waren schwarz vor Mistkäfern. Natürlich stanken sie, aber das schreckte uns nicht. Wir wussten, dass sie an der Rentierpest gestorben waren, die von den russischen Herden eingeschleppt worden war.

Drei Nächte und drei Morgen verbrachten wir an dem Unterstand. Wir schliefen Arm in Arm unter freiem Himmel, bewunderten die Lichter am Himmel, suchten nach Sternbildern und fanden den Großen Bären, die Plejaden und das W der Kassiopeia. Ich spürte, wie frische Winde um mich herumwehten. Ich sah zu, wie hübsch der Oberst wach wurde, erst in die Hand gähnte – schon ein bisschen steif und plump wie ein alter Mann – und mich dann schnappte und auf seinen großen, schussbereiten Schwanz setzte. Ich bewunderte seine kräftige soldatische Gelöstheit, seine Bereitschaft, jederzeit zu sterben. Einmal nach dem Liebesspiel nahm er seine Parabellum, hielt sie mir an die Wange und sagte: Nimm sie in deine schöne Hand und spüre ihr Gewicht. Dann befahl er mir, sie zu küssen, und ich küsste sie und sah dem Oberst dabei in die Augen und musste lachen. Er sah mich an – von wegen, was wieherst du. Ich darauf: Weil du so anders bist als alle anderen. Er nahm zwei Handgranaten aus dem Rucksack, schob mir die eine vorn an der Möse in die dicke Unterhose, steckte mir die andere zwischen die Lippen und befahl mir, mit den Zähnen nach dem Splint zu fassen.

Er schlug vor, nur meiner Mutter Mitteilung von unserer heimlichen Verlobung zu machen, weil sie als Witwe Trost in ihrem düstern Alltag gebrauchen könne. Ich wusste da etwas anderes, widersetzte mich aber nicht. Der Oberst selbst fuhr uns nach Rovaniemi hinunter und zu meiner Mutter. Die war gar nicht allein zu Hause, sondern trank mit Onkel Matti im Wohnzimmer Kaffee. Sie war schlagartig kreidebleich, als wir Hand in Hand eintraten. Der Oberst machte eine Kopfbewegung in Richtung hintere Kammer, und dort ging meine Mutter mit ihm hinein. Ich weiß nicht, was für Verhandlungen sie führten, aber als sie herauskamen, glühten die Wangen meiner Mutter gesund und rot, und sie gratulierte mir recht freundlich. Sie sagte, alles sei gut, und außerhalb dieser Wände werde die Angelegenheit nicht weiter verbreitet, ehe Katri gestorben und begraben sei.

Onkel Matti sah uns verdrießlich an, sagte aber nichts. Als der Oberst dann ging, um auf der anderen Straßenseite Amtsgeschäfte zu erledigen, meinte Onkel Matti mit zitternder Stimme zu mir: Weißt du nicht mehr, gutes Mädchen, was dein Vater gesagt hat – dass der Oberst ein Tyrann ist? Ich darauf: Die Liebe kann man nicht aufhalten. Darauf Onkel Matti: Das kann man, wenn man nur will. Sein Mundwinkel zuckte. Denk auch daran, dass der Oberst zu alt für dich ist, sagte er. Ich nur: Bei einem Alten weiß man, was man hat. Der Oberst war nur wenige Jahre jünger, als mein Vater geworden war, aber daran dachte ich nicht. Das Alter ist nur eine Zahl, sagte er immer, außerdem war mein Vater achtundzwanzig Jahre älter als meine Mutter gewesen, so viel wie der Oberst älter war als ich. Onkel Matti versuchte es damit, dass er als einer, der im Bürgerkrieg gekämpft habe, wisse, wie die Armee und der Krieg die Männer zum Hass erziehe. Sie dürften keine Angst haben, und diejenigen, die doch Angst hätten, würden hingerichtet. Im

Blut eines Berufssoldaten fließe Aggression, so einer halte Gewalt für eine normale und selbstverständliche Verhaltensweise. Außerdem wisse der Oberst, dass es keinen Gott und keine Verdammnis gebe, und deshalb sei er so auf den Genuss aus und liefere sich den schwärzesten Lastern als Sklave aus.

Auch ich hatte trotz meines jugendlichen Alters die Ekstase des Hasses in seinen straffen Gesichtsmuskeln, in den Reden, im Aufstampfen der Sohlen und in den Bewegungen wahrgenommen, wenn er aufstand und sich setzte, hin und her ging, zuckte, aufsprang und zwischenzeitlich äußerst unruhig war. Er versuchte im Grunde gar nicht erst zu verbergen, was er war. Alles war sichtbar, und genau das zog einen an, weil es so fremd und seltsam wirkte. Ich dachte mir, sein Hass wird auf Dauer auf dem Schlachtfeld zurückbleiben und nicht mit nach Hause kommen. Und schon gar nicht zwischen uns. Ich glaubte, ich würde ihn durch Liebe heilen.

Unsere Verlobungszeit war lang und unser Glück so groß, dass sogar Onkel Matti allmählich glaubte, der Oberst habe sich verändert. Oft lasen wir einander abends Naturbücher vor, solche wie Axel Londens *Jagdzüge im Norden*, Järvinens *Licht der Wildnis*, *In den Häusern des Waldgotts*, *In den großen Wäldern* und so weiter. Einmal sagte ich zum Oberst – es war in einer der guten Stunden in den Fünfzigerjahren, die wie ein Pendelschlag vergingen –, dass ich mal ein Naturbuch lesen möchte, das eine Frau geschrieben hat. Darauf der Oberst, dass es so was nicht gebe, aber schreib halt eins. Ich war begeistert, nahm ein Heft und legte los. Es war ganz leicht. Die Wörter schossen nur so aus mir heraus aufs Papier, und ich musste an gar nichts denken, ließ es einfach laufen. Es war, als wäre ein Damm gebrochen, hinter dem all diese Wörter nur darauf gewartet hätten freizukommen. Meine Sätze liefen wie ein Band die Landschaft hoch und runter. Immerhin hatte ich seit meinem siebten Lebensjahr Tagebuch geschrieben und gemerkt, dass ich die Dinge darin so eintragen konnte, wie ich sie sah oder erlebte oder umgekehrt. Ich dachte mir alles Mögliche aus, beschrieb Orte und Menschen so, wie sie waren. Das Schreiben des Buchs ging so flüssig, wie man ein Glas Wasser trinkt, wenn man großen Durst hat. Innerhalb von zwei Tagen und zwei Nächten krakelte ich die ganze Geschichte mit dem blau-roten Füller des Obersts in ein kariertes Heft. Als sie fertig war, schlief ich dreiunddreißig Stunden am Stück, ging nicht mal pinkeln. In der Zwischenzeit las der Oberst das Ganze und lobte es von vorn bis hinten. Er schickte das Heft an ein Verlagshaus, dort schrieb es eine Sekretärin ins Reine, korrigierte die Fehler, und das Buch wurde veröffentlicht. In jeder Zeitung wurde es gelobt. Als ich dann anfing, das zweite Buch zu schreiben, ahnte ich, dass der Oberst keinen Deut mehr begeistert war. Er motzte und sagte kein einziges nettes Wort. Ich wollte wissen, warum er mich nicht mehr unterstütze, und er sagte: Die kleine Dichterin stirbt, wenn du anfängst, ernsthaft mit der Tinte zu klecksen. Ein einzelnes Buch dürfe eine Frau hinkritzeln, aber kein zweites. Das Schreiben sei nicht gut, weil es die Gedanken von ihm ablenke. Ich darauf: Stimmt schon. Wenn der Mensch schreibt, ist er anderswo, in seiner eigenen Welt, und dabei bleiben alle anderen Leute praktisch außen vor. Ich wollte trotzdem nicht aufhören, weil es so kam, dass ich immer weniger existierte, je mehr mich der Oberst erniedrigte. Letztendlich existierte ich nur noch, wenn ich schrieb, sonst nicht. Ich ging dazu über, die Wörter heimlich aufs Papier zu bringen, wenn er außer Sicht war, und wenn er sich im Haus aufhielt, ging ich mit dem Heft in den Umkleideraum der Sauna. Ich schrieb sämtliche Bücher von Hand, bis ich mich später mit Tuomas zusammentat. Da konnte ich mir eine Schreibmaschine kaufen. Die wurde meine beste Freundin. Tuomas mochte das Klappern. Er meinte, er schlafe abends immer gleich ein, wenn er höre, dass ich auf der Maschine herumklappere.

Die Lehrervertretung in Hirttojärvi endete, und der Oberst gründete in Inari ein Kontor des Grenzschutzes, in dem er mich mit Staatsgeldern, also mit dem Geld der Steuerzahler, als seine Privatsekretärin beschäftigte. Ich war die einzige Angestellte im Kontor und seine künftige Braut, was bedeutete, dass der Oberst von Rovaniemi aus, wann immer er wollte, hereinschneien konnte. Ich wartete so sehr auf ihn, dass mir der Hunger verging. Ein Tag ohne den Oberst kam mir so lang vor wie ein Jahr. Wenn wir dann zusammen waren, huschte die Zeit nur so dahin, bis wir uns wieder trennen mussten. In der Stunde des Abschieds redeten wir miteinander nur Deutsch. Das war unsere Sprache der Liebe. Wenn wir uns trennten, weinten wir beide wie verrückte Kinder. Unsere Liebe sprühte mit dem Funkenregen des Polarlichts im lappischen Winter um die Wette. Wir liebten uns am Ende des Regenbogens, der im lila Horizont endete, bei Gewitter auf den Höhen des Saariselkä und im Schoß der eisigen Nacht am Inari-See, durch die frostklaren Nächte hindurch, und wir hörten selbst am Morgen nicht auf, obwohl der Oberst längst in der Kaserne hätte sein müssen, um aus Buben Männer zu drillen.

Gleich auf den ersten Metern unserer Verlobungszeit geriet ich in den ersten Wettkampf mit dem Oberst. Wir waren beim Fischen, zuerst auf dem offenen Inari-See und dann an einer feuchten Stelle am Ende einer Bucht. Beide hatten wir genau die gleichen Angeln. Der Oberst verkündete, er werde die Zeit nehmen, mal sehen, wie viele Fische jeder innerhalb von zwölf Stunden fängt. Mich amüsierte das, denn ich war eine routinierte Anglerin. In den ersten fünf Stunden zog ich fünfzehn prächtige Barsche heraus, der Oberst zehn. Nach zwölf Stunden war die Lage die, dass ich zweiundfünfzig Barsche hatte und er neununddreißig. Er wurde so wütend, dass er mich aus dem Boot ins eiskalte Wasser stieß und ich ans Ufer schwimmen musste. Natürlich war ich erschrocken. Der Oberst tat so, als wäre nichts, und half mir, die nassen Kleider auszuziehen. Sagte nur, ich hätte gewonnen. Dann lief ich splitternackt zum Lager zurück. Das amüsierte ihn. Ich war wieder so verliebt in den Kerl, dass ich ihm gleich alles verzieh. Als Göre, die noch nicht trocken hinter den Ohren war, verstand ich damals noch nicht, dass man ihn immer gewinnen lassen musste, vor allem wenn es ums Fischen ging.

Vor dem Krieg hatten der Oberst und ich die Angewohnheit, zu zweit Ausflüge zu unternehmen. Schon im Pfadfinderlager der Jägersoldaten hatte der Oberst gelernt, dass frische Luft frei macht.

Als wieder mal ein Aufbruch bevorstand, war ich gerade drauf und dran, auf dem Feld der Kaurilohvis in Inari

Herbstroggen aufzuhocken. Das Auto des Obersts tauchte am Feldrand auf, da guckte mich Jaska Kaurilohvi mit einem Grinsen im Gesicht an und sagte: Da drüben kommt der größte Schwanz von Lappland. Ich rannte auf den Oberst zu, er packte mich und wirbelte mich tüchtig herum. Wir gehen in die Natur, sagte er. Ich meinte, ich hätte doch noch die Heuklamotten an. Er darauf: Macht nichts, du bist so schön und wärst es auch noch mit geschorenem Kopf und geteertem Arsch. Chauffeur Alatalo brachte uns ans Ufer des Ivalojoki, wo wir zufällig auf Oberstabsarzt Niilo Paasonen trafen, der durch die Gegend fuhr, um die Schädel der Inari-Lappen zu vermessen. Ein Kanu mit zwei Paddeln wartete am Flussufer auf uns. Wir packten die Bündel, die der Oberst mitgebracht hatte, in das Wasserfahrzeug, winkten Alatalo zum Abschied und machten uns auf den Weg.

Es war eine herrlich kühle lappische Nacht, und wir fuhren tollkühn die Stromschnellen hinauf und hinunter. Wenn es schäumte, kreischte ich, vertraute dem Oberst aber völlig, weil ich wusste, dass er den Gefahrenstellen und den großen Steinen auszuweichen wusste. So sausten wir stundenlang dahin. Ich sah zu, wie ein Greifvogel versuchte, gegen den Hunger einen Fisch aus dem Fluss zu fangen. Mit seinen krummen Krallen griff er nach einem richtigen Kaventsmann, der ihn in die schäumende Stromschnelle hinabzog, wo der Greifvogel ertrank. Gegen Mittag fanden wir am Unterlauf des Flusses eine nette kleine Schnelle. Dort lenkten wir das Kanu ans Ufer und stiegen an Land. Vom nassen Laub unter den Füßen waren unsere Schritte völlig lautlos. Wir schlugen das Lager auf, bauten uns einen Unterstand und machten ein kleines Lagerfeuer. Der Oberst fing im flachen Uferwasser mit bloßen Händen eine Mordsforelle, und die ließen wir uns als Flammfisch schmecken. Lange nach Mitternacht senkte sich langsam die Dämmerung herab, und wir legten uns hin. In den frühen Morgenstunden wachte ich davon auf, dass sechszackige Schneeflocken in die Glut des Feuers fielen. Der Oberst presste mich irgendwie brutal an sich und flüsterte schwer keuchend, er habe Angst. Ich nur: Was? Dieser verhexte Himmel, sagte er. Ich: Bist du bekloppt? Er meinte, der Himmel glotze uns schon seit Stunden so boshaft an. Ich beruhigte ihn, verabreichte ihm einen guten Schluck Schnaps, und bald streichelte er zärtlich meine Wange. Mir dämmerte jetzt, wie viel Empfindsamkeit und Verfolgungswahn in ihm wohnten. Das fand ich gut, weil mein Vater auch so gewesen war, mutig und scheu zugleich.

Unser Ausflug dauerte volle zehn Tage. Wir steuerten und trugen das Kanu durch unberührte Fjällgefilde bis zum Luttojoki. An dessen Ufer konnten wir in der Ferne das Fjällgebiet Saariselkä, den Kaunispää, die südlichen Hänge des Korvatunturi, das reglose Grau der Fjällmoore, das Blau der Einödseen, das Rot der Uferfelsen und den Frieden der gelben Sandstrände bewundern. Ab und zu prasselte uns ein Hagelschauer ins Genick, gefolgt von einem trägen Regen, aber wir lachten bloß. Wir lebten von der Liebe und vollkommen frei von den Fesseln der Welt. Auch der Oberst war auf der ganzen Fahrt sanft und süß wie Karottensuppe, sodass ich erneut den Verstand verlor. Am Näätämöjoki sprangen wir wieder ins Boot und kamen am paradiesischen Sevettijärvi vorbei, wo die Skolt-Lappen lernten, ihr Nomadentum abzulegen. Sie wussten alles über das Schlechte und das Gute auf der Welt, weil es sie mal in diese und mal in jene Richtung verschlagen hatte. Flechten wuchsen dort im Wald so dicht, dass die Rentiere der Skolt-Lappen doppelt so groß waren wie diejenigen der Inari-Lappen. Hin und wieder warf der Oberst von einem Uferfelsen die Angel aus, und immer biss ein Fisch an. Mal ein Hecht von fünf Kilo, mal ein praller Barsch.

Zum Abschluss unseres Ausflugs bezog ich mit dem Oberst eine Fischerhütte in Luusuanniemi. Es war ein lauer Sommerabend, und ich wollte schwimmen gehen. Der Oberst darauf: Geh nur. Als ich zurückkam, war er nirgends zu sehen. Ich rief nach ihm. Nichts. Ich wurde schon nervös, fragte mich, ob er Reiser holen gegangen war und dann im Wald sein Herz versagt hatte. Rufend rannte ich um die Hütte herum. Ich fand ihn gekrümmt an der Spitze der Halbinsel auf einem Stein, rannte hin und dachte schon, er sei tot, doch als ich ihn an der Schulter packte, sah ich, dass er noch lebte. Er hatte Krämpfe, und sein Gesicht war wie zum Heulen verzogen, aber er hatte keine Tränen in den Augen. Ich zu ihm: Was ist? Er brachte heraus, er habe Angst vorm Krieg. Ich bettete seinen Kopf auf meinen Schoß und strich ihm übers Haar. Da beruhigte er sich, und wir kehrten Hand in Hand zu unserer Hütte zurück.

Der Oberst lechzte zwar nach einem neuen Krieg, hatte aber gleichzeitig Angst, sein Kopf könnte als einer der ersten rollen, wenn der Russe das kleine Finnland besiegte und das ganze Land besetzte. Darum bekam er ab und zu krampfartige Kommunistenanfälle und schämte sich für seine Papiere, Fahrkarten, alten Pässe und Fotos von sich und Luftwaffenminister Göring, auf denen sie während der Jagdmesse posierten oder mit Kadavern von Hirschen vor irgendeiner Hütte tief in Deutschland. Da konnte das Gefühl dann schnell wieder umschlagen in den Glauben an die Allmächtigkeit des Dritten Reiches und an das Tausendjährige Reich des Führers. Begeistert sagte er immer wieder, dass wir und das Dritte Reich dieselben Feinde hätten: die Zigarrenraucher, womit er die reichen Juden meinte, und die Zigarrenlosen, womit er die armen Juden, den Russen und sonstiges Lumpenpack meinte. Seiner Meinung nach verstand Stalin nichts von Kriegsführung, und die Russen waren kein Gegner, sondern Untermenschen, die nicht mal anständige Gewehre zum Schießen besaßen, aber im Lauf des Krieges bekam der Oberst dann doch Respekt vor Stalin, weil der eindeutig ein flexibler Diktator war. Gegen Ende des Krieges sagte er, der Führer sei ein Genie, aber er habe kein Augenmaß, darum könne er nicht aufhören. Stalin hingegen führe die Russen immer je nach Lage, wechsele im Flug die Richtung und seine Pläne.

Wallenius, der Khan von Lappland, den der Oberst immer nur als General Trottel bezeichnete, lud uns am Vorabend des Winterkriegs zu sich nach Hause zum Mittagessen ein. Im Prinzip war er ein Kamerad des Obersts aus den Zeiten von Ståhlbergs Deportation, gleichzeitig aber der schlimmste Konkurrent auf jedem Kriegsschauplatz. Ich war oft als Freundin des Obersts beim Khan von Lappland zu Gast. Es war immer das Gleiche: Erst wurde gegessen und getrunken, dann fingen General Trottel und der Oberst an zu streiten. Daraufhin wurde noch mehr getrunken, und schließlich lagen sich die Streithammel so lange in den Armen, bis sie einschliefen. Bei dem besagten Mal deutete der Oberst bei der Vorspeise mit dem Zeigefinger auf mich und sagte: Dieses Mädchen hat die beste Möse Finnlands, und es weiß, wie man richtig mit einem Schwanz umgeht, weil ich es ihr selbst beigebracht habe. Die Gesellschaft wurde still, und ich war stolz, obwohl ich mich auch genierte. Bei der Hauptspeise fing der Oberst an, über den kommenden Krieg zu sprechen. Dass der Russe nicht imstande sei anzugreifen, er habe kein anständiges Kriegsgerät und auch keine Waffen, nicht einmal Winterkleidung. Wir würden einen Überraschungsangriff starten und den Russen binnen zwei Wochen schlagen. Schnell wurde klar, dass Wallenius die Lage anders einschätzte. Er habe mit eigenen Augen gesehen, wie gut die Rote Armee ausgerüstet sei, an der Grenze stünden Hunderte Panzer, Sturmfahrzeuge, Bomber und sonstiges 1A-Gerät, und die Soldaten hätten ein Grinsen im Gesicht, dass es einem die Härchen aufrichte, darum komme es jetzt darauf an, mal ein bisschen darüber nachzudenken, ob man eins auf die Schnauze bekommen wolle oder nicht. Als Freund der Tatsachen versuchte er, Sand ins Getriebe der Kriegsbegeisterung des Obersts zu streuen, aber dieser meinte bloß, bald schon würden die Russen wie Kleine Maränen zum Einsalzen aus dem Raanujärvi aufsteigen, nichts könne den Krieg mehr aufhalten, und dann zeigen wir Stalin, wer den Prächtigsten stehen hat. Der Khan von Lappland war gewiss kein Mann des Friedens, aber er sagte, es gebe satte zweihundertvierzig Millionen Russen, und wir sind nicht einmal vier Millionen. Nun wurden zum Nachtisch Kaffee und Hahnenkämme auf den Tisch gestellt. Niemand sagte etwas. Der Oberst scharrte mit den Hufen, weil er es so eilig hatte, in den Krieg zu ziehen. In einem Schluck schlürfte er die Kaffeetasse leer und marschierte zur Tür. Ich hinterher. Ich sagte zu ihm: Gehen wir ins Moor. Er sagte: Wenn du willst. Ich dachte, das karge, einfache Naturmoor beruhigt ihn, aber nein. Untergehakt spazierten wir nach Saarenkylä. Still und wehmütig betrachteten wir den Waldstreifen, an dessen Stelle die Deutschen später Rommels Flugplatz bauen würden, auf dem Rommel niemals landen sollte. Vom Rand des Marktfleckens aus gelangten wir an ein Aapamoor und eine modernde Sumpfböschung, vor der sich ein imposanter weiter Sumpf auftat. Im Licht dort kam ich mir stark und blutvoll vor, und ich sah ringsum tausendundeine schmucke Sache. Der Mann neben mir aber, der Feldherr, der überschäumen sollte vor ästhetisch-romantischem Rausch, sah in dem ganzen sumpfigen Universum nichts als Wald, Acker, bebautes Moorland, Torfabbaugebiet oder Schlachtfeld in spe. Im Gegensatz zu mir fand er keinen Frieden im Einödmoor, und so kehrten wir eilends in den Marktflecken zurück.

Auf Katris Tod folgte unsere erste gemeinsame Weihnacht. Ich bekam vom Oberst Katris alten, herrlichen Diamantring. Damit waren wir offiziell verlobt, und ich war so glücklich. Ich würde Frau Oberst werden und alles. Ich dachte, wenn ich mir noch ein Kind machen lasse, werde ich umso schneller getraut. Dann ließ ich mir doch keins machen, obwohl der Oberst von morgens bis abends mit mir schmuste, sackweise Schokolade, Parfüm und Nelken anschleppte, an meinen Zehen leckte und an meinen Fingern saugte.

Wenn der Oberst mich mit seinen Spielchen beleidigte oder herunterputzte, kam ich mir wie der erbärmlichste

Mensch von Lappland vor, und die ganze Welt sah düster aus. Es konnte auch passieren, dass ich so richtig voller Lachen und rundum glücklich war und der Oberst dann alles tat, damit das Lächeln aus meinem Gesicht verschwand und ich in eine jämmerliche Stimmung geriet. Dann fing er wieder an, mich zu trösten, und brachte mich zum Lachen.

Ich lebte im perfekten Paradies. Die wenigsten Frauen dürfen auf Erden so ein Glück erleben. Was den Himmel betrifft, wissen wir ja nichts Genaues. Ich wartete nur darauf, dass der Oberst mir einen Heiratsantrag machte, aber es passierte nicht. In einem zarten Moment fragte ich ihn einmal, wann wir die Ehe eingingen.

Da sagte er sanft, wir hätten es doch nicht eilig.

Der Oberst besiegelte mein Schicksal, als ich vier Jahre alt wurde. Das ist dabei herausgekommen.

Wir hatten vor und nach der Kriegszeit die Angewohnheit, so lange abends im Restaurant des Hotels Pohjanhovi zu sitzen, dass wir erst nach Hause kamen, wenn der aschgraue Schein der ersten Morgenstunden über dem Ounasjoki lag. Es gab dort allerlei Feierfreudige, aber während des Fortsetzungskrieges war immer SS-Generaloberst Dietl dabei, ein enger Freund vom Oberst und mir, dessen schlanke, lange Finger ich bewunderte, wenn er seine deutschen Zigaretten mit Goldband rauchte.

Einmal sagte er in einem kurzen Trinkspruch, die Kriegsindustrie des Dritten Reiches laufe ohne das Erz aus Schweden und das Nickel aus Petsamo im Leerlauf, und er verwies darauf, dass die internationale Fischereikooperation bereits seit Ende des Ersten Weltkriegs ein Deckmäntelchen für den künftigen Nickelhandel gewesen war, der dann mit dem Dritten Reich aufgenommen werden sollte. Am häufigsten führte für gewöhnlich der ehemalige Befehlshaber der Ochrana das Wort, der lappische Oberfischer Kaarlo Hillilä. Schon im Sommer achtunddreißig hatte er davon geredet, dass wir erst eine starke Armee zusammenstellen, das Nickelbergwerk am Kolosjoki fertig bauen und dann in den Krieg ziehen würden. Kaarlo erinnerte sich noch daran, wie der Oberst und der Khan von Lappland nach achtzehn in den Wäldern von Viena, in Aunus und in Petsamo einen Privatkrieg gegen die finnischen Roten geführt hatten, die vor dem Terror des Befreiungskriegs über die Grenze geflohen waren. Der Oberst war damals schon ein mächtiger Mann gewesen, genau wie der Khan, Hillilä selbst bloß ein Halbstarker, der von zu Hause abgehauen war und hatte kämpfen wollen. Jetzt beklagte sich der Oberfischer darüber, dass der Oberst und Wallenius ihn und seinen kleinen Bruder Eino – unschuldige, verrückte Bengel – in den Krieg gelockt hätten. Eino war auf dem Schlachtfeld geblieben, weswegen Hillilä bis zu seinem Tod voller Verbitterung gegen den Oberst steckte. Für den Oberst selbst war der Feldzug von Viena natürlich die richtige Entscheidung gewesen, weil er keine Fehler machte. Kaarlo erzählte mir mal in einer schwachen Stunde nach dem Krieg, im Ödwald von Viena habe es ein kleines Dorf gegeben. Er und der Oberst hätten sich an einem schönen Julitag dort am Ortsrand auf die Lauer gelegt. Auf der Dorfstraße sei ein alter Mann aufgetaucht, hinter dem eine kräftige junge Frau mit stämmigen Beinen und dicken Zöpfen hergegangen sei. Der Oberst habe die beiden anhalten wollen. Er habe auf Finnisch Halt gerufen, aber die beiden seien weitergegangen. Der Oberst und er seien ihnen nachgerannt. Das Mädchen hatte ein breites Gesicht und dunkelblaue, warme Augen. Während Hillilä mit dem Mann sprach, führte der Oberst die Tochter hinter einen Holzhaufen und kam wenig später allein zurück. Hillilä wollte wissen, wohin die Tochter verschwunden war. Die liegt hinter dem Holzstoß, die ist keine Gefahr mehr, hatte der Oberst gesagt. Hillilä erschrak und ging nachsehen. Da lag das Mädchen geschändet und tot inmitten eines Fliegenschwarms.

Dann waren Gouverneurswahlen in Lappland. Kandidiert hatten zwei größenwahnsinnige Kameraden: Kaarlo Hillilä, dessen Königsidee darin bestand, das zukünftige Großlappland zu einer Weltmacht der Fischerei zu machen, und der Oberst, der ein Großdeutschland und ein Großfinnland errichten wollte. Sogar die Kommunisten stimmten für Hillilä, weil sie den Oberst für einen unberechenbaren und rechthaberischen Hammel hielten.

Nach seiner Niederlage bei den Gouverneurswahlen war der Oberst natürlich verbittert und wollte zunächst ganz weg aus Lappland. Passenderweise erhielt er von Maila Talvio eine Einladung nach Helsinki zu einem Fest, also stiegen wir in den Zug und fuhren runter. Noch am Bahnhof teilte der Oberst mit, dass wir nicht direkt zum Fest in der Villa Laaksola führen, erst wolle er mich seiner Mutter vorstellen. Ich war im siebten Himmel, dachte ich doch, dass ich einen höheren Rang erklommen hätte, weil ich der Mutter vorgeführt würde.

Desiree, die Mutter des Obersts, war schon weit über neunzig. Sie war krumm wie ein abgebranntes Streichholz, knochig und am Scheitel kahl. Sie wohnte im Stadtteil Ullanlinna in einem großen Haus aus Stein, an dessen Eingang zu beiden Seiten ionische Säulen aufragten. Välkomna, sagte sie, als wir eintraten, denn sie hatte in ihrer Zeit als Magd Schwedisch gelernt. Mir fiel es nicht ganz leicht, mir vorzustellen, dass dieses Gebäude, das von Reichtum und Bildung zeugte, das Geburtshaus des Obersts sein sollte.

Wir setzten uns im Salon aufs Sofa, und eine Dienerin, die noch älter und zerbrechlicher als Desiree war, stellte mit zitternden Händen ein Tablett mit Kaffee und Gebäck vor uns ab. Nehmt von allen sieben Sorten, ihr Lieben, sagte Desiree auf Schwedisch. Der Oberst schlürfte hastig seinen Kaffee und verschwand anschließend in der Bibliothek, um in Büchern zu blättern. Wir blieben allein zurück, ich und Desiree. Ich schwieg. Desiree musterte mich ganz genau und rümpfte die Nase. Mit höhnischer Stimme fragte sie schließlich, wessen Tochter ich sei. Mein verstorbener Vater sei ein Kamerad des Obersts bei den Jägern gewesen, antwortete ich, und Desiree nickte kaum merklich und seufzte überdrüssig: Was für ein kleiner Satan. Ich wusste nicht, wie ich mich verhalten sollte. Der Oberst und mein Vater hatten sich vom Sehen ja schon vor der Jägerzeit Anfang des Jahrhunderts auf dem Fußballplatz im Stadtteil Eira und später im Helsinkier Fußballklub gekannt. Der Oberst hatte dort gegen den Ball getreten und mein Vater am Spielfeldrand gestanden. Mein Vater, meine Mutter und meine älteren Schwestern wohnten damals in der Huvilakatu, da war ich noch nicht mal auf der Welt. Der Oberst und mein Vater gehörten zu den Ersten, die im Jahr fünfzehn ins Lokstedter Lager nach Norddeutschland fuhren. Mein Vater hatte zuvor sechs Wochen lang an einer als Pfadfinderlager getarnten Kampfausbildung teilgenommen. Der Oberst blieb für vier Jahre in Deutschland. Er hatte sich freiwillig der 27. Pionierkompanie des Königlich-Preußischen Jäger-Bataillons angeschlossen, zusammen mit dem späteren roten Jäger Heikki Repo. Mal reiste er im Pferdewagen durchs Schwabenland, mal führte er an der Ostfront Krieg gegen seinen alten

Schulkameraden, also den Marschall, der aufseiten der Truppen des Zaren kämpfte. Ich selbst war damals ein dreijähriges Dickerchen und wohnte mit meiner Mutter und meinen Geschwistern in einem hübschen roten Häuschen in Rovaniemi.

Desiree sprang beim Reden ständig zwischen Sprachen, Zeiten und Orten hin und her. Sie war in der Provinz Häme zur Welt gekommen, ganz im Süden irgendwo im Hinterland, und war mittels Fleiß, Geschäftsinstinkt und scharfem Verstand sowie mit viel Glück immer weiter die Leiter hochgeklettert, nachdem sie als Magd bei einer finnlandschwedischen Familie angefangen hatte – das Familienoberhaupt war ein so wunderbarer Mann, dass er mir jeden Monat ein bisschen was extra gab, und ich war so klug, die Kopeken gut zu verstecken. Mit den Jahren war sie von der Magd zur Kauffrau aufgestiegen: Ich gehörte zu den Hüten und mein verstorbener Mann zu den Mützen, als der Generalgouverneur ermordet wurde, organisierte ich ein großes Fest, und es kam die Crème de la Crème.

Desiree hatte in Eira eine Metzgerei auf die Beine gestellt, wo sich die Leute die Klinke in die Hand gaben. Das bedeutete Gewinn, und mit dem Geld erweiterte sie ihre Geschäftstätigkeit. In den besten Zeiten gehörten ihr im Süden Helsinkis fünf Metzgerei-, Milch- und Kolonialwarenläden plus ein Kaffeegeschäft. Irgendwann verkaufte sie die alle, bis auf den Kaffeeladen, den behielt sie als Alterssicherung und zum Vergnügen. Mit den Gewinnen aus ihren Geschäften kaufte sie sich nach und nach die Hälfte der Wohnungen im prächtigsten Haus an der Tehtaankatu. Dort bekam jedes Kind sein eigenes Quartier. Die Fünfzimmerwohnung des

Obersts im obersten Stockwerk war vermietet, seit der Oberst zur Jägerausbildung gegangen war. Er selbst hatte nie darin gewohnt.

Wir schauten uns Fotos an, aber Desiree konnte sich nicht annähernd an all die posierenden, leicht verwackelten Menschen erinnern. Außer an Einar. Das ist Einar, sagte sie und deutete mit einem zitternden, runzligen Finger auf einen kleinen Jungen. Das ist Jakob. Auch auf dessen Stirn war ein schwarzes Kreuz zu sehen. Er war mit fünf gestorben. Laut Desiree war Einar gestürzt, mit dem Kopf gegen die Tischecke gestoßen und damit am Ende gewesen. Jakob war mit dem Messer in der Hand einer Katze hinterhergerannt, war ebenfalls gestürzt, hatte sich die Halsschlagader aufgeschnitten und war daraufhin ausgeblutet. Der Oberst hatte zusammen mit seiner älteren Schwester Maria, die damals noch keine zwanzig gewesen war, Jakobs weißen Sarg tragen dürfen. Ich stellte mir vor, wie sie düster den langen, geraden Weg auf dem Friedhof Hietaniemi zum Familiengrab entlanggingen, gefolgt von einem trottenden, weinenden Trauerzug ganz in Schwarz.

Das ist Johan, also Rudolfs Vater. Desiree kratzte mit ihrem langen Fingernagel über das Bild eines bärtigen Kerls mit Brille. Das ist Impi und das Rauha. Dann kamen viele Bilder vom Oberst und einem kleinen Mädchen mit Sprungschanzennase und auf der nächsten Doppelseite vom Oberst und einer jungen Frau mit Sprungschanzennase. Ich stellte mich dumm und fragte, wer das sei. Desiree blickte sich um und flüsterte mir ins Ohr, das sei Thea, das uneheliche Kind ihrer ältesten Tochter Maria, die in Schweden wohne, das sie wie ihr eigenes großgezogen habe. Natürlich hatte ich Thea sofort wiedererkannt. Sie war der Liebling des Obersts und schon als Kind in den Sommern ein Dauergast im Grenzschutzkommandantenhaus gewesen. Wir waren gleichaltrig und hatten damals zusammen gespielt. In der Jugend waren wir auch zum Tanzen gegangen. Später kam Thea oft in die Villa Oberst, um zu faulenzen, auch wenn ihre Besuche Gift für mich waren. Immer wenn der Oberst von einer Deutschlandreise zurückkehrte, hatte er die besten Mitbringsel für Thea und nur die zweitbesten für mich, obwohl ich seine heimliche Verlobte war.

Der Oberst kam wieder reingeschneit, in der Hand van de Veldes *Die vollkommene Ehe* und in den Augen einen Henkerblick. Mit Desirees Geschwätz war es auf der Stelle vorbei. Ich zeigte dem Oberst ein Bild seines Vaters und stellte fest: Ihr gleicht euch wie ein Ei dem anderen. Er warf keinen einzigen Blick auf das Album, sagte nur mit erstickter Stimme, heute warteten die Faulenzer darauf, dass der Staat sich um sie kümmere, wenn sie hilflose Greise würden, aber sein Vater sei aus anderem Schrot und Korn gewesen, noch mit neunundachtzig sei er allmorgendlich um fünf Uhr aufgestanden und ans Meer zur Vogeljagd gegangen.

Der Oberst setzte sich in den Lehnstuhl und starrte uns verdrossen an. Desirees Hand fiel auf ein Foto, auf dem der Oberst als Säugling nackt auf einem Lammfell lag. Diese gierige Ausgeburt, flüsterte Desiree, so gierig aufs Essen, dass er einen Monat zu früh rausgekommen ist und sich an die Brust geklammert hat wie sonst ein Hungerbolzen. Mit einem verstohlenen Blick auf den Oberst flüsterte sie mir ins Ohr: Er ist ja niedlich, aber sämtliche Defekte der Sippschaft haben sich in ihm versammelt. Dann läutete sie mit der Glocke, die auf dem Tisch gestanden hatte, und die Dienerin erschien im Türrahmen. Desiree befahl ihr, Sherry zu bringen. Wir saßen still da. Die Dienerin brachte eine halb volle Flasche Sherry und zwei Gläser. Desiree goss sich die Kaffeetasse voll und gurgelte sie sofort hinunter. Dann füllte sie ihre Tasse erneut und trank sie wieder aus. Die dritte Tasse schlürfte sie zur Hälfte leer. Sie räusperte sich, nahm kurz Anlauf und stieß dann hervor, wie sie den Tag und Nacht schreienden Oberst fest gewindelt und das Bündel an einen Haken am Kachelofen gehängt habe, bevor sie zur Arbeit gegangen sei. Das sei natürlich praktisch gewesen, weil der Ofen den Jungen warm gehalten habe und sämtliche Ausscheidungen einfach abgeflossen seien. Der Oberst habe gewimmert, bis er müde geworden und in so tiefen Schlaf gefallen sei, dass Desiree dem Säugling wie bei der Taufe kaltes Wasser ins Gesicht habe spritzen müssen, wenn sie ihn aufwecken wollte. Mit neun Monaten hatte der Oberst schon sprechen gelernt, laufen allerdings erst mit drei Jahren. Danach war er keinen Moment lang mehr an einem Fleck stehen geblieben: Jeden Morgen noch vor dem Aufbruch zur Arbeit war er von seinem Vater mit dem Knöchel am Sofabein festgebunden worden, damit der Junge sich nicht an der heißen Ofentür verbrannte. Und Desiree hatte dem Kleinen auf Anraten der Lehrbücher jeden Tag den Hintern versohlt. Entweder weil er etwas angestellt hatte – oder sicherheitshalber.

Der Oberst glotzte Desiree mit einem ziemlich schmierigen Gesichtsausdruck an, dann stand er auf, schlug die Hacken zusammen und trat weg auf den Flur.

Desiree beugte sich zu mir herüber und flüsterte: Armes

Mädchen, bist ja noch ein ganz verrücktes Gör und verstehst nichts vom Leben. Du kannst den Oberst lieben, aber wenn du dich selbst liebst und das Leben im Allgemeinen und nicht daran denkst, dich umzubringen, dann heirate den niemals, sondern bleib für den Rest deines Lebens verlobt. Ich fragte mich laut, was die Dame eigentlich meinte. Desiree seufzte tief und sagte, nach der Hochzeit stehe einer Frau eine endlose Reihe von Opfern bevor und dazwischen lediglich nächtliche schmerzhafte Kunststückchen und Geschmacklosigkeiten. Ich vermutete, dass Desiree ihren Sohn nur bis zum Ende festhalten wollte, und tröstete mich damit, dass die anderen Frauen des Obersts alt, hässlich oder sonst wie abstoßend gewesen waren oder nicht richtig hatten lieben können. Sie waren nicht in der Lage gewesen, einen glücklichen Menschen aus ihm zu machen, und darum hatte er sie auch vorzeitig ins Grab gebracht. Ich glaubte, ihn durch uneigennützige Liebe vom Bösen reinigen und mit Gutem erfüllen zu können. Der Oberst und ich waren eins. Wir hatten beim Gehen und Atmen denselben Takt, wir hatten dieselben Angewohnheiten und Werte und denselben Lebensrhythmus. Die Kraft meiner Liebe war so groß und stark, dass ich ihn von jedem Charakterfehler zu heilen vermochte, falls denn so einer auftreten sollte. Mit der Allmacht der Jugend bläute ich mir selbst ein, dass ich imstande sei, das Herz des Obersts in eine gute Richtung zu drehen. Desiree wies mit der Hand zum Flur und sagte, der Krieg habe aus ihm einen Satan gemacht. Und du bist kein schönes Mädchen.

Ich machte einen Knicks, ging in den Flur, wo der Oberst schon auf mich wartete, und sah ihn wie mit anderen Augen an. Ich erkannte weder Bosheit noch Hässlichkeit, sondern bloß einen gut aussehenden Offizier. Er hatte für die Fahrt nach Helsinki seine Paradeuniform angelegt. Seine Füße steckten in glänzenden Stiefeln der preußischen Armee. Ich hatte ja eine Schwäche für Männer in Uniform und mochte den Geruch nach Leder und bat ihn stets, sich tipptopp anzuziehen, wenn er zu mir kam. Das tat er auch fast immer – bis wir heirateten. Sobald das Amen gesprochen war, kam er nur mehr in alter, schmutziger Kluft bei mir an. Sogar seine Gummistiefel waren an den Rändern aufgequollen. Die Paradeuniform zog er nur an, wenn er in wichtigen Amtsgeschäften nach Helsinki fuhr, oder später, wenn er andere Frauen ficken ging. Einmal während des Winterkriegs, als er zu einer geheimen Besprechung bei General Siilasvuo aufbrach, der ebenso radikal war wie er, rief er den persönlichen Militärdiener von General Wallenius an, damit der käme, um des Obersts Schuhwerk zu wichsen. Der Junge schob die Hand bis zum Ellbogen in den Stiefel, verteilte penibel das Schuhwachs, nahm sich für jeden Arbeitsschritt gewaltig Zeit und benutzte zehn verschiedene Bürsten und Lappen. Ich hätte mir gewünscht, dass seine Stiefel immer glänzten.

Von Ullanlinna aus nahmen wir eine Droschke und tuckerten in den Stadtteil Meilahti zur Villa Laaksola von Maila Talvio. Sie war Finnlands schönste Schriftstellerin und hatte Weltruhm erlangt, weil sie von oben nach unten durchs faschistische Italien gereist war. Maila war eine persönliche Freundin von Mussolini. In Kulturkreisen kannte man sie als vielseitigen Menschen. Sie schrieb Bücher und hatte

Redetalent. Sie war politische Aktivistin und Redakteurin bei der Zeitung der Vaterländischen Volksbewegung. Sie gab sich als Freundin des Vaterlands, unterhielt eine Benimmschule, gründete im Krieg mit Künstlerkollegen noch eine zusätzliche faschistische Partei und so weiter. Ihr Gatte war Professor und wunderbar. Er hatte mal gesagt, der normale Mensch sei unweigerlich dumm, darum müssten alle Entscheidungen, die das Reich beträfen, unter klugen Männern gefällt werden. Was Maila und uns restliche kluge Menschen mit der deutschen Kultur verband, war außer der Philosophie und der Romantik der Lutheranismus.

Maila war eine Gastgeberin der erfrischendsten Sorte, die in ihrem vornehmen, im karelischen Stil errichteten Haus unermüdlich gesellige Abende veranstaltete. Die Gäste erwartete ein vielfältiges Programm: von Schubert bis Bach, von Geigenmusik bis Volkstanz und als Höhepunkt der Vortrag eines klugen Mannes samt von ihm beflügeltem Gespräch. Die Dreißigerjahre zeichneten sich ja dadurch aus, dass sämtliche Länder und Staaten jeweils für sich die Neuaufteilung der Gelder, der natürlichen Reichtümer, Häuser und Höfe der Welt planten. Deutschland wollte mit Zins und Zinseszins wieder zur Weltmacht werden, und unser Finnland wollte bei dieser Gelegenheit als Kuckuckskind an Deutschlands Seite zur Großmacht im Norden aufsteigen.

Maila kam uns auf der Treppe entgegen. Der Oberst küsste ihr den Handrücken, und ich machte einen Knicks. Nach kontinentaler Sitte wurde bei dem Fest hauptsächlich Deutsch gesprochen. Maila stellte die Gäste einander persönlich vor. Wir waren weniger als zehn. Auf die Vorstellungsrunde folgte eine Musikdarbietung, danach kam ein

Vortrag des Vorsitzenden der Preußischen Akademie der Wissenschaften. Das Dritte Reich, dozierte er, habe unter dem Führer die Wiedergeburt des deutschen Menschen und die Schaffung einer Einheitskultur möglich gemacht und dafür gesorgt, dass Deutschland in allen menschlichen Entwicklungen einen Sprung um hundert Jahre nach vorn gemacht habe. Der Führer habe alles verboten, was in der europäischen Kultur anerkannt gewesen sei: die Demokratie, die Ideen des Liberalismus, das wissenschaftliche Denken und die Intelligenz. An deren Stelle habe er die Metaphysik und die Mystik gesetzt, den wissenschaftlichen Rassenmythos und die Verherrlichung der arischen Rasse. Er listete auf, wie das deutsche Volk nun glücklich und ausgeglichen lebe, tüchtig arbeite, das Heim in Ordnung halte, gut esse, sich kurz erhole, sonntags marschieren gehe und sich auf die Erweiterung des Lebensraums einstelle. Zum Schluss verriet er uns das vom Führer selbst aufgesetzte schärfste Tierschutzgesetz der Welt und fasste die Vorteile des Kastrierens von Gesellschaftsuntauglichen, also von Roten und anderen Stinkern zusammen. Er sagte, die Konservativen der Welt seien im Allgemeinen vorsichtig und wünschten nichts Neues, Ungewisses, aber die Industriellen Deutschlands und Amerikas hätten dem Führer waggonweise Geld zur Verfügung gestellt, und das Bildungsbürgertum Deutschlands akzeptiere in seiner Gesamtheit die nationalsozialistische Ideologie.

Oberst Buschenhagen schaute zu, wie die anderen Gäste redeten. Oberfeldwebel Alatalo, der Chauffeur, erzählte mir nach dem Tod des Obersts, dass besagter Herr später nach Rovaniemi gekommen sei, im späten Frühling zweiundvierzig. Der Oberst und er hätten ihn auf dem Militärflugplatz empfangen. Als sie zum Pohjanhovi fuhren, teilte Buschenhagen ihnen mit, die Gestapo habe mit Unterstützung des finnischen Innenministeriums verfügt, dass die Zivilverwaltung Lapplands durch eine Kriegsverwaltung ersetzt, also der Militärführung unterstellt werde. Darauf der Oberst, dass dann ja die Deutschen zu Besatzern würden. Lang sei es still im Wagen gewesen. Dann habe der Oberst gesagt, in Lappland gebe es so viele Rote, dass er dieses Risiko an der Schwelle zu einem neuen Krieg nicht eingehen könne. Bis zur Brücke über den Ounasjoki hatten sie alles gedreht und gewendet und dann beschlossen, den Nationalsozialisten Hillilä quasi der Form halber die Zivilregierung behalten zu lassen – eine kluge Entscheidung, weil man so auch die lappischen Bolschewiken zum Kampf gegen den Russen mobilisieren konnte, Seite an Seite mit den deutschen Nazis, und alles lief wie geschmiert, so lange es eben lief. Eine Woche nach diesem klugen Beschluss war der Flugplatz von Rovaniemi bereits voller deutscher Bomber. Finnland setzte sämtliche Truppen in Bewegung, und Hillilä nahm den Amtstitel Landespräsident an. Es habe ein prachtvoller Name sein müssen, damit die deutschen Offiziere Respekt vor ihm hätten, erzählte er, dabei habe niemand Lust gehabt, ihn so zu nennen. Alle nannten ihn Kaiser von Lappland.

Unter den Gästen waren auch ein paar sehr gewichtige Finnen. Dieselben Gesichter tauchten bei fast allen Feiern auf, bei denen ich dabei sein durfte. So auch diesmal. Von allen Gästen war mir jedoch Koskenniemi am wichtigsten, Professor an der Universität Turku und Europas führender Catull-Forscher, eine an Liebessehnsucht leidende nationale

Ikone und Hofdichter des weißen Finnlands, der mit enormer Begeisterung durch das Deutschland des Führers und das Italien Mussolinis gereist war und später mit Goebbels' Segen stellvertretender Vorsitzender des Europäischen Schriftstellerverbandes wurde. Der Professor schlug die Hände zusammen und rief mitten im Vortrag des Vorsitzenden der Preußischen Akademie der Wissenschaften dazwischen, und zwar entweder Heil Hitler oder Ave Cäsar. Koskenniemi war ein feiner Mann und größer als seine Zeit. Er trug Trauer, weil die Kommunisten versuchten, die Künste zu politisieren. Er hatte Macht, weil er im Vorstand von zig Stiftungen und Verlagsgesellschaften saß und überhaupt der Drahtzieher bei der Finanzierung sämtlicher kultureller Aktivitäten war, und er hatte eine Frau und sechs junge Geliebte, genau wie Catull.

An der Feier nahm auch der rechtsradikale Dichter und Redakteur Heikki Asunta teil, ein von endlosen wirtschaftlichen Schwierigkeiten belastetes menschliches Wrack mit dem Lieblingssatz: Wir Nazis lieben die Ästhetik. Asunta zufolge repräsentierten wir das wahre Finnentum, im Gegensatz zu den kosmopolitisch orientierten, rassisch schwächeren Marxisten, die von den roten Päpsten in Moskau gesteuert wurden. Spät am Abend hielt auch er eine Rede, in der er den Status der schwedischen Sprache an unseren Schulen und Universitäten anprangerte, die Finnlandschweden als Kulturimperialisten und Kulturbolschewisten beschimpfte, deren schwedisches Geld die Industrie und den Handel beherrsche und die sich alles Vermögen in die eigene Tasche steckten anstatt in die des Vaterlands. Zum Schluss sagte er, unser Symbol sei eine Volkssprache, eine Staatssprache, und unsere Aufgabe die Errichtung eines einheitlichen, einmütigen Finnentums, übersetzte Literatur brauchten wir nicht und auch keine Asphaltliteratur, wir glaubten an die Idylle des bäuerlichen Lebens, an die Vernunft und das Denken des Bauern. Der Oberst klatschte nicht. Er war in der Sprachenfrage anderer Meinung, hielt aber den Mund.

Maila hatte neben mir die Schriftstellerin und Dichterin Iris Uurto platziert. Die hatte sich ihre Handtasche fest in die Armbeuge geklemmt und war umgeben von einer dichten Parfümwolke. Sie war sehr am menschlichen Körper interessiert und daran, wie die Nazi-Ideologie die Triebe, Instinkte, Gefühle und Sexualität des Menschen in den Dienst ihrer Sache stellte, obwohl sie das gemeinsame Eigentum aller waren. Iris mochte die Nazis nicht, und ich weiß nicht, wer sie eingeladen hatte. Auf meiner anderen Seite saß der Philosoph Alfred Rosenberg, der womöglich Jude und neben dem Führer einer der Chefideologen der Nazis war. Er liebte das kleine, tapfere finnische Volk, das seiner Meinung nach seelisch so gesund, rein und unverdorben war, dass es als Vorbild für nordische Harmonie taugte. Mir sagte er, er habe für seine Ideologie von Schopenhauer das passive Seelenleben, von Nietzsche den Übermenschen und von Goethe das ideelle und tätige Streben nach Harmonie und Ordnung übernommen. Die größte Tragödie des Menschen sei die Geburt, erklärte er.

Über all das dachte ich nach. Dann hoben wir wieder fröhlich das Glas. Bis zum Krieg war noch Zeit, doch schon jetzt standen wir unter Volldampf. Wir alle wussten, dass der Krieg kommen würde, nur wann, konnten die wenigsten voraussehen.

Mein Vater machte mich zu einer Tochter des weißen

Finnlands, der Oberst zu einer Nationalsozialistin.

Für beides schäme ich mich nicht.

Ich hörte Radio und stellte fest, dass sie mehr deutsche Militärmärsche spielten, je näher der Krieg rückte.

Zuerst wurde von Tag zu Tag immer tieferer Argwohn und Hass gegen die Russen geschürt, Stalin wurde als wahnsinniger Hund beschimpft, es wurde Propaganda gemacht und davon geredet, wie der große Russische Bär die kleine Finnmaid bedrohte und uns bald Grund und Boden nehmen würde. Ganz und gar von uns eingenommen führten wir uns auf, als wäre Finnland eine Großmacht und als wären selbst die Friedensmänner innerhalb von drei Monaten zum Krieg bereit. Wir glichen dem Schaf, das sich mit Gewalt ins Maul des Wolfs drängt, wie Präsident Paasikivi später sagte.

Im Frühling neununddreißig fuhr der Oberst nach Hanko, um mit ein paar deutschen SS-Offizieren zu kuren, und als er von dort zurückkam, sagte er, jetzt fange das Lied der Geschosse an zu spielen. Aber es fing nicht an. Auch im Sommer nicht.

Dann kam der letzte Herbst im Frieden, und der Oberst rauschte ins Kontor des Grenzschutzes in Inari, wo ich gerade Patiencen legte. Ich empfand einen regelrecht strammen Stolz, weil dieser schreckliche Kerl bis nach Inari kam, um mich zu begehren. Schon an der Tür rief er: Kleine Dichterin, wir fahren nach Polen. Ich: Bist du bekloppt, da ist doch Krieg. Er darauf: Nein, er sei nicht bekloppt, sondern ein finnischer Berufssoldat, und wir fahren an die Ostfront gucken, wie die Deutschen in den eroberten Gebieten den Materialtransport und sonstige Dinge regeln, damit wir später selbst alles richtig machen, wenn wir Russland bis zum Ural erobern und am Rocksaum der Finnmaid annähen. Man hatte ihm berichtet, dass der Führer Warschau räumen ließ; die Einwohner wurden in Arbeitslager in ganz Polen transportiert, an ihre Stelle kämen deutsche Neueinwohner, und bald wäre Warschau eine deutsche Stadt. Er war von höherer Stelle zu dieser Fahrt beordert worden und hatte die Erlaubnis erhalten, seine Sekretärin mitzunehmen.

In Rovaniemi stiegen wir in eine Maschine der finnischen Armee, zusammen mit ein paar deutschen Offizieren, die sich in Zivil in ganz Lappland herumgetrieben hatten, sozusagen inkognito. Die getarnte Maschine flog ein Deutscher namens Joachim Berner, der sich in einer Uniform der finnischen Armee versteckte und fließend Finnisch sprach. Er begrüßte uns fröhlich, indem er den Arm hochriss. Früh am Morgen flogen wir erst nach Russisch-Karelien, um nachzuschauen, was so los war. Dort schwangen Kerls die Sichel auf Naturwiesen, und Matrjoschkas wuschen die Weißwäsche am Flussufer. Der Oberst, den man in Kriegsangelegenheiten nicht leicht in die Irre führen konnte, meinte schmunzelnd, das sehe gut aus, aber einer der Offiziere, derjenige, der inzwischen seinen abgetragenen Anzug gegen eine gebügelte SS-Uniform eingetauscht hatte und sich gerade die

Uniformmütze aufsetzte, an der silberne Ähren und gestickte Totenkopfabzeichen glänzten, versetzte mit erhobener Nase: Im Gegenteil, was wir da unten sehen, ist ein Zeichen für selbstbewusste Abschottung und ein Gefühl der Stärke. Lachend sagte der Oberst auf Schwedisch zu mir, die Deutschen hätten von den Russen ja keine Ahnung.

Ich sah auf diesem Flug mit eigenen Augen, dass in Deutschland eine Maschinerie lief, die dafür sorgte, dass etwas zustande kam. Die jungen Männer waren prächtige Muskelprotze, und so einen Körper kriegt man nur, indem man hart trainiert und Eisen stemmt. Ich sah exerzierende Soldaten auf Sportplätzen, Geschützlafetten auf Marktplätzen, Panzerwagen in Industriegebieten und sonstige Sachen, die zum Krieg gehörten, sowie natürlich Flotten von Jagdflugzeugen. Als ich so über Europa schwebte, fragte ich mich, wie es wohl meinem Onkel Matti ergehen würde. Ob er im bevorstehenden Krieg das Gewehr gegen den Russen in die Hand nehmen oder ob er als Roter über die Grenze nach Leningrad rennen würde, obwohl er doch wusste, dass Stalin seine alten Gesinnungsgenossen hängen ließ, wie zum Beispiel Feliks Kellosalmi und Toivo Alavirta oder auch Tyyne Salomaa, mit der Onkel Matti im Bürgerkrieg eine Nacht lang eine Romanze gehabt hatte.

Die Zwischenlandung war in Berlin. Wir wohnten eine Woche lang im Hotel Savoy – im selben Hotel, in dem auch Greta Garbo wohnte, weil wir auf Pässe und Propuske aus Himmlers Büro warten mussten, damit wir in die besetzten Gebiete im Osten kämen. Dort fuhr man nicht einfach so hin, nur durch ein feines Sieb gelangte man in die annektierten Regionen. Wir aßen in vornehmen Restaurants

Räucheraal und Schweinenacken zu Abend und pichelten Muskatwein dazu, ansonsten spazierten wir die Straßen auf und ab. Wir sahen Menschen, die vor halb legalen Kneipen rumgammelten, einen Juden, der an einem Laternenpfahl festgebunden worden war und den man bespucken durfte, und im Schaufenster eines Modegeschäfts Abendkleider aus Seide, Makramee und Pergamonsamt, wir sahen Schlangen vor Federboaläden, in denen Frauen mit halb leeren Einkaufstaschen standen, an Stahlseilen schaukelnde Straßenlampen, volle Straßenbahnen, nassen Asphalt, der glänzte wie ein trüber See im Sommer, wir sahen Mietskasernen auf schwarzer Erde blühen, wir sahen schmutzige Straßen, Fabriken und dunkle Hofeinfahrten, in denen wir uns liebten. In einem Park an der Kantstraße machten wir einen Spaziergang bei Mondschein. Der Mond wanderte einsam durch die Schlammpfützen wie über die glänzenden Flanken der Kanister, die auf Haufen von zusammengerollten Panzerketten standen. Die Lichter der Stadt leuchteten so üppig zum Himmelszelt hinauf, dass der Nachthimmel ganz grau war. Jeden Abend umrundeten wir den Teich, der Lietzensee genannt wurde und in der Mitte des Parks angelegt worden war, und genossen den Frieden der Großstadt. Im Park wanderten auch Soldaten umher, bei denen Stielgranaten die Hosen ausbeulten. Manche waren den Kragenspiegeln nach Oberfeldwebel oder Korporale, und es waren SS-Männer darunter, die sich immer zuerst die Mütze aus der Stirn schoben, bevor sie die Pässe und Urlaubsgenehmigungen der Soldaten kontrollierten. Der Oberst fand alle Deutschen furchtbar hässlich, aber von meiner Warte aus war das gelogen. Ich kaufte mir feine Kleider, die der Oberst bezahlte:

einen Rock aus Satinstoff und dazu eine Bluse mit durchbrochenem Ausschnitt, hautfarbene und schwarze Seidenstrümpfe und Unterwäsche mit Spitze. Abends verwöhnte mich der Oberst mit Eierlikör und Hildebrand-Konfekt. Wenn ich mir so eine Praline in den Mund steckte, hatte ich das Gefühl, eine bessere Version von mir selbst zu sein.

Dann erhielten wir die Erlaubnis, nach Polen zu fahren, in eine Stadt, die auf Polnisch Lwów und auf Deutsch Lemberg hieß. Vor der Abreise mussten wir einen Geheimhaltungsvertrag unterschreiben. Darin stand, dass wir über nichts, was wir sähen, reden dürften, und falls wir es doch täten, würden wir vernichtet. Wir flogen mit einem einmotorigen Kleinflugzeug durch Rußregen und blutigen Nebel. Anschließend wurden wir durch die Stadt chauffiert, und wohin ich auch sah, standen vor den Geschäften und Amtsgebäuden, auf Plätzen, Boulevards und bei den Bierschänken junge Männer in Waffenröcken. Manche hielten Maschinenpistolen im Anschlag, aber diejenigen, die vor den Cafés strawanzten, hatten ihre Gewehre an die Wand gelehnt.

Himmlers Kontor hatte uns auch ein Quartier verschafft: in einem Biedermeiergutshaus in einem Eichenwald, das einer jüdischen Familie abgenommen worden war. Die Außenwände des Haupthauses waren mit Stuck verziert, und die hohen Fenster hatten jede Menge Scheiben. Die Eingangshalle hatte einen Marmorfußboden und ein Gewölbe, das mit rosa Wölkchen und Hirtenjungen samt Schafen vor blauem Hintergrund ausgemalt war, unter der Decke entlang liefen Gipsbänder mit Akanthusmotiven, im Saal standen korinthische Säulen, Pilaster und große dunkle Krüge, dazwischen Stille. Der neue Herr des Guts war ein richtig lascher, dünner SS-Hauptmann namens Günther. Er besaß eine Handschuhladenkette in München. Als Sekretärin hatte er ein dürres Mädel, das sonntags immer einen dunklen Rock und die schlichte, schöne Bluse der Nazi-Mädchenorganisation trug. Dazu gehörte eine straff gezogene Krawatte. Das Mädel verstand sich auch gut mit Günthers Frau Ilse. Ilse wiederum war schwerfällig, breit im Gesicht, trotzdem aber wohlgeformt in ihrem gut sitzenden, aus rosa Satin genähten Kleid. Hübsche Fesseln. Sie mochte es, am Küchentisch Geld zu zählen und dabei die katholische Kirche zu loben, die so viel zu den Aufbau- und Erweiterungsarbeiten des Dritten Reiches beitrug. Außer diesen dreien wohnten noch ein Kind mit zuckendem Mundwinkel und reichlich Bedienstete im Haus. Nervenschwache und schmutzige jüdische Gefangene, oder wie man sie nennen sollte, kümmerten sich störungsfrei um die getreidereichen Äcker des Guts, um die Felder, Gärten, Gemüsebeete, um das Melkvieh und die Weideschafe. Ich sah vom Fenster aus zu, wie jeden Morgen an die dreißig weibliche Gefangene zur Arbeit im Gemüsegarten geführt wurden. Man hatte ihnen die Köpfe geschoren, und sie trugen dünne, bläuliche Stalljacken. Hinter den Gefangenen gingen zwei ältere SS-Wachsoldaten in Uniform her, von denen einer einen prächtigen, gut genährten Rottweiler an der kurzen Leine führte. Eines Tages regnete es wie aus der Feuerspritze. Ein nördlicher Wind blies, und das Wetter war so rau, dass ich den ganzen Tag im Haus blieb. Durchs Fenster sah ich, wie dieselben Frauen mit krummen Rücken im Regen kauerten. Die Wächter waren nicht zu sehen, aber der Rottweiler passte auf.

Bald freundete ich mich mit Frau Ilse an. Sie erklärte mir, wie herrlich es sei, auf dem Gebiet des neuen Großdeutschlands zu leben, wo eine so ungehinderte Freiheit herrsche, dass man als Deutscher tun dürfe, was man nur wolle. Bei einer Erkundungsfahrt war sie in der Wohnung eines verschwundenen Professors gewesen und hatte dort zwei prachtvolle Gemälde und ein goldenes Schmuckset gerettet, in einem anderen Quartier ein Porzellanservice, in einem dritten einen Nerz und eine Stola. All das zeigte sie mir. Mir war die Vorstellung zuwider, mir unerlaubt die Sachen anderer Menschen zu nehmen. Mein Vater hatte mir beigebracht, dass so etwas Sünde war. Trotzdem hielt ich den Mund, weil ich zu Besuch war und sie uns schrecklich gut versorgten. Mein Vater hatte mich auch gelehrt, dass man sich in jedem Land so benehmen muss, wie es dort Sitte ist. Dem Oberst heulte ich am Abend dann vor, dass stehlen doch verkehrt sei. Das ist kein Diebstahl, sondern eine Übernahme, sagte der Oberst und fügte hinzu: Die Leute brauchen die Sachen nicht mehr, weil es die Leute nicht mehr gibt, die sind tot, mein Schatz.

Mir ging es so, dass ich anfangs viele Dinge entsetzlich fand, wie zum Beispiel die Erhängten, die an den Bäumen baumelten, aber schon eine Woche später hatte ich mich daran gewöhnt. Je mehr mir Ilse vom Leben im Osten erzählte, umso mehr wollte ich darüber wissen. Ich stellte Fragen, horchte und kundschaftete sie aus, und sie erzählte, zeigte und erklärte es mir. Zum Beispiel dass sie von Beruf braune Krankenschwester, Mitglied der Nazipartei und viel beschäftigt war. So wie sie polnische Mädchen und Knaben in den Himmel schickte, spritzte sie auch schwer verwundeten deutschen Soldaten Gift in die Adern, damit sie von ihren Leiden erlöst wurden und zur Rechten Gottes ruhen durften. Dafür gab es einen schönen Namen: Euthanasie.

Ilse rannte die ganze Zeit. Ihr brannte Feuer im Arsch, weil sie sich ganz für das Dritte Reich aufopfern wollte. Ich lernte, dass der Führer den deutschen Frauen etliche Pflichten auferlegt hatte. Auch Ilse gehörte zusätzlich zu allem bislang Erwähnten überdies zur Polizeieinheit der Frauen, die öffentliche Plätze überwachte und die Verteilung der rationierten Güter regelte. Für diese Aufgabe und allerlei Verwaltungssachen und Arbeitseinsätze hatte man Millionen gleichartiger deutscher Frauen eingespannt. Alles war bis auf den letzten Schliff wunderhübsch organisiert.

Nach der Deutschlandreise kam der Oberst wie eine Gewitterwolke ins Kontor in Inari und rief: Bereit zum Abmarsch. Ich sofort: Ich bin bereit. Alatalo fuhr uns vorbei an Gerstenfeldern mit prallen Ähren bis an die Westgrenze. Der Oberst sagte: Wir fahren nach Pello, dort wartet in Korteniemis Haus Yrjö von Grönhagen auf uns, Himmlers Sondermitarbeiter, der auf Befehl seines Vorgesetzten alle Berge fotografieren will, die einst die feinen französischen Wissenschaftler und Sternforscher abgeklappert haben, als sie herausfinden wollten, ob die Erde ein Pumpernickel oder ein Krapfen ist. Das Haus von Korteniemi war das stattlichste in ganz Pello, und dort fuhren wir hin. Schon unterwegs merkte ich, dass ich nicht im besten Zustand war. Mir brummte der Kopf, und die Muskeln waren schwer. Natürlich sagte ich dem Oberst nichts davon, sondern versuchte, ein munteres, frisches Mädchen zu sein. Als wir eintrafen, erwartete der langschwänzige Yrjö uns schon. Die Frau des Hauses hatte den großen Tisch im Saal gedeckt, mit Porzellan, silbernen Gabeln und Messern. Zum Essen gab es sowohl Haselhuhnbrust als auch gut abgehangenen Hasen mit Pilzsoße. Alles war fettig und gut. Zum Nachtisch Kaffee, Moltebeeren und Rahm. Nach dem Essen wurde mir furchtbar schlecht, und ich rannte zum Abort, um zu kotzen. Erst kotzte ich die Fressalien ins Loch, dann noch Gallensaft hinterher. Der Oberst rief: Jetzt gehen wir in den Wald. Ich torkelte aus dem Plumpsklo und sagte: Ich kann nicht. Der Oberst sah mich lange an. Du bist ja ganz grün im Gesicht, sagte er, du bleibst hier, die Hausfrau wird sich um dich kümmern, ich komme in gut einer Woche wieder zurück. Ich schwankte hinein, und die Hausfrau brachte mich in die Gästekammer, eine sehr ordentliche Kammer mit sauberer Bettwäsche. Mir wurden ein Topf und eine Schüssel vor meiner Nase auf den Boden gestellt. Ganz still lag ich da, spürte, wie meine Fut wie Feuer brannte, das Gehirn zu kochen und das Gesicht zu schmelzen begann. Ich schwitzte so sehr, dass die Bettdecke nass war. Die Hausfrau gab mir ein trockenes Nachthemd und wechselte die Laken. Bald wurde mir schrecklich kalt, ich schlotterte, das Bett bebte, dann das ganze Zimmer, und in den letzten Zügen kroch ich auf allen vieren zwischen Pferden, die sich im Schnee tummelten, über einen zugefrorenen See. Dann schlug erneut die entsetzliche Hitze zu, mir brach der Schweiß aus, und diesmal kroch ich in Süddeutschland über ein trockenes Feld und sah alles blutrot, die Steine, die Baumstämme, die vertrockneten Blumen, das Gras. Mehrere Tage lang durchwanderte ich die Krankheit. Als ich mich allmählich wieder erholt hatte, saß eine junge Magd an meinem Bett, die nur einen halben Kopf zu haben schien und einen furchtbar langen, dicken Schnurrbart wie Stalin. Sie sang ein Zionslied. Ich sah sie ganz in Rot, genau wie die Deckenlampe und die Fensterrahmen. Die folgende Woche verbrachte ich als Genesende und schwatzte mit einer alten Schachtel, die schon über hundert war, trotzdem aber ein scharfes Gedächtnis hatte. Ihre Großmutter sei von einem Franzmann gezeugt worden, erzählte sie, darum habe sie so einen guten Kopf.

Eines Nachts um drei trat der Oberst in meine Kammer, fickte mich und berichtete, Yrjö habe die Aussicht vom Kitisvaara, vom Pullinkivaara, vom Niemivaara und vom Kukasvaara fotografiert, wir würden nach Hause zurückkehren. Oberfeldwebel Alatalo kommt bald, wir bringen dich nach Inari. Anschließend zögen er und Yrjö nach Rovaniemi weiter, um den Krieg zu planen.

Der Herbst kam und ging, und ich konnte nachts nicht schlafen. Im Oktober sah ich vom Fenster aus zu, wie daunenweiche Schneeflocken in der schwarzen Finsternis auf die bereiften Felder niederschwebten. Ich musste an die zärtlichen Berührungen des Obersts denken, an seine starken Hände, seinen scharfen Grips und seinen zuchtlosen Körper. Die Intelligenz war seine große Gabe, brachte aber auch seinen Kopf gehörig durcheinander. Ende Oktober donnerte es hinter der Ostgrenze so laut, dass im Kontor in Inari die Geranien vom Fensterbrett fielen, und ich wusste, jetzt fängt es an.

Aber es war immer noch nicht so weit.

Der Schlafmangel tat mir gut, ich war tagsüber voller Tatendrang. Mal hackte ich Holz für den Herd, mal schippte ich Schnee, mal ging ich im Kontor auf und ab oder strickte für die künftigen unbekannten Soldaten Gewehrhandschuhe und Wollsocken. Gerade als ich schon nicht mehr auf den Oberst warten mochte, rief er an und war schlechter Laune. Richtig barsch beschwerte er sich über den Marschall und den Präsidenten, weil sie unmittelbar vor dem Ausbruch des guten, richtigen Krieges dem Russen in den Arsch gekrochen seien. Der Oberst wusste, dass Stalin den Herren in der Woche zuvor ein Tauschgeschäft vorgeschlagen hatte – von wegen gebt mir die Gebiete vor Leningrad, dann gebe ich euch dreimal so große Gebiete im Norden. Der Marschall hatte schon gesagt, das passt, doch zum Glück war Außenminister Erkko wach gewesen und hatte auf die Bremse getreten. Stalin fand, dass Erkko ihm auf der Nase herumtanzte.

Bald war es auch schon November, und als Wind in der Einöde aufkam und den Wald zum Rauschen brachte und die Wellen des Ääninen hochschlagen ließ, wussten alle, dass demnächst die Orgelpfeifen der Roten Armee anfangen würden, Katjuschka zu spielen.

Der Himmel erstarrte, und im schwefelgelben Lodern der Frostsonne fingen die Kanonen an zu donnern. Sie spuckten aus ihren Schlünden ganze Drachen gen Himmel, während die Infanteriegewehre am Horizont die Nacharbeit erledigten. Die Sirene auf dem Luftalarmturm heulte. Es war eine von der Sorte, die man zum Heulen brachte, indem man sie ankurbelte. Ich rannte aus dem Kontor, und die ganze Straße tönte, die Kümmerwälder wimmerten, ein vom Schneeregen erfrischter Kolkrabe rief um Gnade. Bald setzte das Krächzen aus, und es kehrte eine Stille ein, wie sie mir nie zuvor begegnet war und auch nie mehr danach. Es kam mir vor, als wäre der Atem des Weltalls in eine luftdichte Gevalia-Dose gepresst worden. Wie zur Salzsäule erstarrt stand ich auf der Straße, ohne Mütze und Handschuhe, in Gummistiefeln und Wollpullover. Dann krachte es. Ich spürte es an den Fußsohlen, Schnee stob auf, Äste, Erde und geschwärzte Steine schossen durch die Luft. Von der Kirche her kam das Gefahr-vorbei-Signal. Ich sah an mir hinab, ob meine Beine noch da waren. Ja. Die Bombe der Russen hatte die Milchabholstelle am Wegweiser nach Kuttura getroffen. Ich hatte keine Angst, war nicht verschreckt. Ich fühlte mich stark und bereit, mich zu opfern, falls es nötig würde. Entlang der Straße standen verkohlte, astlose Baumstämme, Ruß rieselte auf den Schnee, der bald ganz schwarz war.

Das Auto des Obersts kam in einem solchen Tempo angebraust, dass die Kotflügel schepperten. Mit fürchterlichem Gepolter stampfte der Oberst herein, ganz im Bann des Krieges, und flüsterte mir ins Ohr: Der Papa zieht jetzt in den Krieg, und wenn du brav bist, dann bringt er der kleinen Dichterin als Kriegsbeute eine Matrjoschka und eine von Rubljow gemalte Ikone mit. Meine Fut bebte, wir zogen uns aus, legten uns auf das weiche Bärenfell vor dem Kamin und sahen zu, wie die Flammen ein Scheit nach dem anderen zu Asche machten. Ich musste wieder an den Sommer am Teno-Ufer denken, als wir im Schatten alter Fichten auf einem bemoosten Stein gesessen hatten und der Oberst gesagt hatte, niemand auf der Welt habe zierlichere und schmälere Fußnägel als ich.

Der Winterkrieg war in vollem Gang. Er rückte voran wie eine Lokomotive. Jägergeneral Wallenius verkündete, der Bart werde nicht mehr rasiert und der Arsch nicht abgewischt, ehe der Russe geschlagen sei. Wenn man nicht auf den Russen schießt, fällt er auch nicht tot um. Darauf der Feldpastor: Habt keine Angst vor dem Tod, denn der Tod ist von den Zauberkünsten des Lebens die größte. Die Männer Lapplands wurden mit einem Zettel auf der Stirn in einen Zug gesteckt. Die einen kamen nach Hyrynsalmi, die anderen nach Salla. In weniger als zwei Wochen wurden die ersten Toten zur Kirche von Inari gebracht. Ich und Viena Saijets nahmen sie in Empfang. Oskari Rintakorpi, der Frontpfarrer der Laestadius-Kompanie, rannte sich die Seele aus dem Leib, als müsste er hastig die Leichen segnen, damit sie nicht den Bus verpassten, der sie als Märtyrer in den Himmel fuhr. Die jungen Kerls, die ihre Fronterlebnisse hinter sich hatten und deren Körper von Wanzen, Flöhen, Krätze, Parasitenwürmern und Läusen malträtiert worden waren, landeten in der eisigen Erde. Rechts und links der Grube stand bereits der nächste Schwung Soldaten belämmert da und starrte düster auf das eigene Schicksal hinab. Dann hoben sie die Gewehre zum kalten Himmel, gaben einen gemeinsamen Schuss ab, und Kuivi Kuttormi bastelte aus Birkenscheiten Kreuze.

Im Dezember und Januar sah ich den Oberst nicht einmal flüchtig. Er wirkte mal an dieser, mal an jener Front als Kommandant eines Sonderbataillons, und ich krebste ohne seinen Schutz in Inari vor mich hin. Ein Gefühl der Leere erfüllte mich, nirgends sah ich Leben. Nur Trauriges. Meine Liebe zu ihm erwies sich als Albtraum. Ich konnte nicht essen, nicht schlafen, nichts. Die Nächte waren am schlimmsten. In mir schwappte die Sehnsucht und wuchs sich zu einem schlimmen Schmerz in Fut, Rücken und Herz aus. Ich schnaufte vor Verzweiflung und Schmerz in die stumme Nacht. Schließlich lähmte mich die Schlaflosigkeit so sehr, dass ich kaum noch aus dem Bett kam. Stampfte jemand ins Kontor, dachte ich jedes Mal, es sei der Oberst. Ging jemand auf der Straße entlang, meinte ich, dort den Oberst zu sehen. Rund um die Uhr saß ich im Kontor am Telefon und wartete auf seinen Anruf. Hatte ich kurz den Gedanken, zum Beispiel Wäsche zu waschen, dachte ich gleich doch wieder an den Oberst. Sein Gesicht schwebte zuvorderst in meiner Vorstellung, seine Stimme und sein dröhnendes Lachen waren aus allen Richtungen zu hören, ich hatte die Grenze zum Wahnsinn eindeutig überschritten. Die Liebe hatte mich in Stücke gerissen, ich hatte keinen Boden mehr unter den Füßen und wäre wahrscheinlich dahingesiecht, wäre nicht zufällig Pastor Pulpakko zu Besuch gekommen. Er erkannte meine Lage, begriff, wie brüchig und trügerisch das Leben war, und fing sofort an, mich erst mithilfe eines kleinen Löffels mit Haferbrei zu füttern und mich anschließend mit himmlischen Worten zu verarzten. Mit frischem Birkensaft wusch er mir die Haare, strich mir Honig auf die rissigen Lippen, stopfte mir Hildebrand-Pralinen in den Mund, und allmählich kam das Leben zurück. Im Nachhinein erzählte Pulpakko, ich wäre damals fette Beute für ihn und seine rechtgläubige Friedenswortbewegung gewesen, doch er sei noch mal gnädig gewesen und habe mir keine Heiligkeit aufgedrängt. In der Endphase des Fortsetzungskrieges geriet er auf die Karelische Landenge. An vorderster Front zermalmte die Wirklichkeit seinen Glauben. Er gab das Pfarrersamt auf und verbrachte den Rest seines Lebens als Hausmeister einer Schule am Fluss.

Ich habe mit eigenen Augen gesehen, wie ein Mensch sich binnen drei Stunden vom gewöhnlichen Kerl in einen Soldaten verwandelt, wie auf die Schnelle aus einem freien Jüngling ein Teil der Herde gemacht wird. Erkki Olthius, der während des Winterkrieges als Feldpolizist in der Gegend von Inari tätig gewesen war, brachte den jüngsten Sohn vom Mattus ins Kontor. Der Junge war bei den Rentierherden in den Fjälls gewesen und hatte nichts davon gewusst, dass der Krieg angefangen hatte. Er war kein Fahnenflüchtiger, aber laut Paragraf etwas in der Richtung. Erkki hielt ein Gewehr in der Hand, das so ein Bajonett hatte, und damit stach er dem Jungen in die Arschfalte. Wir sind gekommen, sagte Erkki, damit sich der Deserteur im Warmen sein Feldgrau anziehen kann, weil es draußen knackige vierzig Grad minus hat. Der Junge zog seine Lappenkleider aus und den Waffenrock der finnischen Armee an. Alles passte, nur der Hose fehlte der Riemen. Ich holte ihm aus der Kammer den Ledergürtel mit der schönen Schnalle, den der Oberst aus Deutschland mitgebracht hatte. Der Junge fädelte den Gürtel in die Hose, legte beide Hände auf die Schnalle und zwinkerte mir zu. Sofort tropfte meine Fut, und ich erschrak dermaßen vor mir selbst, dass mir das Herz bis in die Ohren und die Zehen schlug.

Eines Abends, als ich im Lehnstuhl saß, klingelte das Telefon. Hier spricht der Meister des Einödkrieges und dein Schatz, sagte der Oberst, ich hab solche Sehnsucht nach dir, dass ich hier schon die Stämme junger Birken ablecke. Ich fing an zu heulen, weil ich so erleichtert und glücklich darüber war, dass der Oberst lebte. Allein seine Stimme zu hören erfüllte mich mit Leben, und aller Schmerz war wie weggewischt.

Danach vergingen die harten Frosttage und die Nächte im Flug. Ich heizte den Ofen ein, legte Patiencen, langweilte mich und las Liebesromane. Einmal blätterte ich in einem richtig miserabel hingeschmierten Unterhaltungsroman und dachte, so was kriege ich auch noch zustande. Heimlich fing ich an, zu meinem eigenen Vergnügen romantische Geschichten zu schreiben. Wenn ich schrieb, löste sich die Zeit auf, und der Morgen ging im Nu in den Abend über. Ich sah Illustrierte durch, blätterte auch mal in meinem alten Glanzbildalbum oder im Heft mit den Filmstars, in das ich meine Lieblingsschauspieler eingeklebt hatte. Dort suchte ich mir die Personen mit dem passenden Äußeren heraus und erfand für sie eine Vergangenheit, eine Gegenwart und manchmal auch eine Zukunft. Wenn ich dann den Stift in die Hand nahm, kamen aus mir ganz andere Geschichten heraus und aufs Papier, ganz andere Personen und so weiter. Das Schreiben ist wie das Leben selbst, man kann es nicht beherrschen. Diese Geschichten habe ich nie jemandem gezeigt.

Der Oberst schaffte es, im letzten Kriegsmonat noch zwei Mal zu einem Kurzurlaubsfick vorbeizukommen, sozusagen als Belohnung fürs Kriegführen. Beim ersten hastigen Freiabend kam er in sauberem Feldgrau, mit gewichsten Stiefeln an den Füßen und einer munteren Miene, nahm mich vergnügt in die Arme und sagte: Das Leiden hat dich schön gemacht, und darum steht es dir. Ich streckte ihm die Zunge raus. Beim zweiten Mal dauerte sein Urlaub volle vierundzwanzig Stunden, und er nahm mich im Schein des Vollmonds auf einen Waldweg mit, der nach gefrorenem Sumpf roch. Große Schneeflocken schwebten vom Himmel auf meine Nase, auf die Uferböschung an der wild schäumenden Stromschnelle und aufs Geäst des kleinen Mischwalds, der sich hinter den schneeverkrusteten Feldern ausbreitete. Dort, auf der Flucht vor der bösen Welt, bewunderten wir den Polarstern, weil der laut dem Oberst heller leuchtete als eine explodierende Granate.

Eines Sonntags zur Zeit des Interimsfriedens, als ich im Garten des Blockhausschlosses lag und in einer deutschen Zeitschrift blätterte, hörte ich, wie der Oberst nach mir rief. Ich sprang vom Liegestuhl auf und rannte ins Haus. Der Oberst hielt etwas hinter dem Rücken versteckt, und ich hörte ein Miauen. Er hatte mir eine Katze mitgebracht, die ich Nofretete nannte, weil sie so stolz und von sich eingenommen war. Der Oberst sagte, bald fängt ein neuer Krieg an. Du wirst ohne meinen Schutz und Trost auskommen müssen, da gibt das Kätzchen dir Zärtlichkeit und Hoffnung.

Dann zog er mich aus und trug mich in die Bettkammer. Dort machten wir uns zu schaffen, bis Nofretete mit einer dicken Maus im Maul hereinspazierte und anfing, sie in die Luft zu werfen, wieder aufzufangen und mit der Pfote vor den Lehnstuhl zu schleudern. Im Mundwinkel der Maus blitzte ein Blutstropfen auf, und sie versuchte zu fliehen, aber Nofretete schnappte sie sich jedes Mal mit ihren scharfen Krallen und biss zu. Die Maus schrie erbärmlich, versuchte aber trotzdem zu entkommen. Ihre kleine Schnauze war starr vor Entsetzen, und sie kippte auf die Seite. Der Griff des Todes wurde langsam, aber sicher fester. Erneut versetzte Nofretete ihr einen leichten Hieb mit der Pfote, wollte sie so wieder in Bewegung setzen. Die Maus zitterte vor Todesangst, röchelte in ihrem Schmerz, die Katze lauschte dem Klagen und Leiden. Die Maus streckte angestrengt ein Beinchen in die Luft. Kurz glaubte Nofretete, die Maus sei tot, doch als sie ihr in den Hals biss, merkte sie, dass immer noch Leben in ihr war. Die Maus wurde ganz stumm und schwer. Dennoch kämpfte sie bis zum letzten zaghaften Atemzug. Schließlich versagten ihr die Kräfte, und sie gab auf. Der Tod ging durch sie hindurch, zerschnitt das dünne Band zum Leben, die Ewigkeit flog aus ihr heraus, und sie bewegte sich nicht mehr. Todeskälte ließ ihre Beinchen erstarren, sie hatte den Kampf gegen den Tod verloren, und ihr Leib wurde steif. Nofretete sah traurig gebannt und mit schräg gelegtem Kopf auf die Leiche, kehrte ihr dann den Rücken zu und leckte sich das Fell. Sie bereitete sich mit den Pfoten einen guten Schlafplatz und sank in zufriedenen Schlummer. Der Oberst fickte mich sanft und tief, anschließend sagte er, Gott füttert die Faulen nicht. Dann ging er den Krieg vorbereiten.

Ich zockelte mit deutschen Grenzschützern nach Inari, das mir so lieb war, wo die Bäume nur mit Müh und Not wachsen und wo die Fjällspanner sofort jedes Birkenblatt fressen, das sie finden. Ich gab mich den Bewegungen der Natur und dem Wählen der Nummern im Kontor des Grenzschutzes hin. Die nachtlos weiße Nacht des Nordens passte gut auf mich auf. Im kühlen August herrschte ständig Bewegung. Der Wind wehte mir den Geruch von gemähtem Gras, Klee und Bootsteer in die Nase, wann immer ich schweigend wie ein Holzklotz an den Ufern des Inari-Sees entlangspazierte. Die dunkelsilbern leuchtenden Blätter der Weidenbüsche schauten mich an, das Rascheln des trockenen Gestrüpps, die durchdringenden Winde und die Herbststürme, die innerhalb weniger Minuten ausbrachen, sowie die großen Abschnitte des Inari-Sees streichelten mich: Kasariselkä, Sammakkoselkä, Ukonselkä, Satapetäjäselkä und Vasikkaselkä.

Es war der Sommer des Interimsfriedens, bevor der richtige Krieg an der Seite der deutschen Waffenbrüder begann.

Bei Ilse sah ich alles, die Lager, die Gewalt, Mord und

Totschlag, Liquidierungen und Hass. Ich wusste Bescheid

und alle anderen in Finnland auch, wenn sie Zeitung

lesen konnten, wussten sie, was die Nazis taten.

Ich hatte im Frühjahr vierzig ja mit eigenen Augen beobachtet, wie die Deutschen am Bahnhof Rovaniemi ankamen. Sie waren dort inständiger erwartet worden als in Oulu achtzehn. Ich stand in Tuusulaer Tracht und mit rausgestreckten Titten neben dem Oberst auf der Treppe, rechts von uns Hillilä und General Wallenius. Es war ein diesiger Tag, über dem grünen Wald aber viel klarer Himmel, Marschmusik erklang zu Sillanpääs Worten, die Birken knicksten schwer vor der Melodie, und die Kiefern tönten: Jetzt geht's los. Als Erster stieg Generaloberst Dietl aus dem Zug, ein schmaler Mann, der sich eine richtig enge Uniform übergestreift hatte. Selbstsicher ging er auf den Oberst zu. Der Oberst schlug die Hacken zusammen, streckte den Rücken durch, riss den Arm gerade nach vorn und sagte: Sieg Heil. Dietl tat es ihm gleich. Dann lächelten sie einander süßlich an, weil sie alte Freunde aus den Deutschlandzeiten des Obersts waren. Wallenius verzog das Gesicht, weil Dietl ihn eigentlich als Erstes hätte begrüßen müssen, wo er doch General war. Auch ich gab dem Generaloberst die Hand und bekam von seinem glanzbäckigen Diener einen großen Blumenstrauß überreicht. Den Zügen entströmte der gute Geruch, der deutschen Männern eigen war. Alle hatten gut geschnittene

Waffenröcke und glänzende Stiefel an. Da waren Mauritz, der Feldpolizist und Bauernsohn aus Flensburg, Klaus, Stabsunteroffizier und Kanzlist der Technischen Fakultäten in Greifswald, Helmuth, Gefreiter und Kaufmannsgehilfe aus Frankfurt und viele andere.

Wir hießen die Offiziere und das übrige Führungskorps willkommen. Die schönsten Mädchen von Rovaniemi überreichten ihnen Blumensträuße, und nach der äußerst ausführlichen Begrüßungszeremonie trugen die Soldaten Kaninchen, Papageien, Iltisse und Meerschweinchen beziehungsweise führten Hunde, Esel und Pferde hinter den Bahnhof, um sie frisches Gras knabbern zu lassen. Die Alpenjäger schlugen die Zelte auf, stellten die Tornister in gerade Reihen, richteten die Patronentaschen aus, warfen uns mit schief gelegten Köpfen Blicke zu, und die klangvollen Melodien ihrer gemeinsam angestimmten Lieder schallten durch den klaren Spätsommertag.

Als alle Zelte standen, errichteten die Alpenjäger ein paar Feldküchen. Bald schon dampfte es aus gewaltigen Töpfen, und süßlicher Gulaschgeruch breitete sich über die Flussböschung und die Flechtenheide aus. Ich und Rebekka saßen weiter weg, weil wir schon voll ausgereifte Frauen waren. Wir schauten praktisch von außen zu. Die sechzehnjährigen Mädchen schwirrten um die Deutschen herum. Helmuth rief: Kommt Fleischsuppe essen, ihr Mädchen! Die Mädchen: Nein. Warum? Wir trauen uns nicht. Wovor habt ihr Angst? Vor euch. Warum? Ihr stecht mit dem Säbel nach den Frauen. Ihr seid grausame und brutale Nazischweineigel! Sind wir nicht, wir tun nicht mal einer Fliege was zuleide. Dann rannten die Mädchen lachend zu ihnen, weil die

Ruferei nur ein Spiel gewesen war. Ich und Rebekka, die sich die Augenbrauen mit Kohle richtig schwarz gemalt hatte, gingen ihnen hinterher, um aufzupassen, dass die Sahnekanne nicht umfiel. Auch uns boten die Alpenjäger ordentlich fleischhaltige Schweinefleischsuppe aus ihrem Kochgeschirr an, und wir durften aus ihren Metallhumpen Kirschsaft trinken. Den armen Mädchen schmeckte der so gut, dass sie fast in Tränen ausgebrochen wären.

Als die deutschen Jungs uns genug gefüttert hatten, blieben wir am Lagerfeuer sitzen. Ich kam mit einem Erwin ins Gespräch, der ein Koppelschloss trug, das mir bekannt vorkam. Es zeigte Ehrenschwerter und eine Gravur: *Meine Ehre heißt Treue.* Ich fragte ihn, was das heiße. Er antwortete, er sei dem Führer, dem deutschen Volk, dem Vaterland, seiner Division und seinen Kampfgenossen treu und glaube außerdem an den Sieg Deutschlands. Die älteren Soldaten fingen an, die Geschütze aufzubauen. Sie zerbrachen sich den Kopf darüber, wo sie sich in Stellung bringen sollen, bis Herbert aus der Fernpatrouille die gemähten Wiesen von Ruikka entdeckte, und also nichts wie dort hin. Es dauerte nicht lange, da hörte man Schüsse, weil die Burschen mit den Kanonen das Schießtraining sofort aufgenommen hatten.

Die Bewohner von Rovaniemi bekamen fast jeden Tag großartige Paraden und Vorbeimärsche zu sehen. Wenn eine Parade endete, ließen die Deutschen eine unfassbare Menge verschiedenfarbiger Luftballons hochsteigen, und die Blagen rannten hinterher. Die Deutschen verzauberten all die kleinen, unschuldigen und reinen Herzen.

Fritz, ein schmucker deutscher Oberfeldwebel und Lehrer an einer Landwirtschaftsschule in Bayern, betrieb am

Rand des Marktes von Rovaniemi eine Kantine, und Rebekka verliebte sich in seine Lippen, weil die so sinnlich waren. Er hatte melancholische grüne Augen und einen munteren Gesichtsausdruck. Natürlich hätte Rebekka ihn am liebsten geheiratet und wäre nach dem Krieg mit ihm nach Deutschland gezogen, aber das war nicht möglich. Fritz hatte zu ihr gesagt, die Frau eines SS-Manns müsse blond und mindestens eins sechzig sein. Rebekka war brünett und zwei Zentimeter kleiner.

In Rebekkas Schatten durfte ich mir alle möglichen Süßigkeiten aus Fritzens Kontor holen gehen. Es gab Ananas in Champagnergläsern, Gerichte aus der Leipziger Küche und Wein aus Naumburg. Wenn wir hingingen, sprang Fritz jedes Mal auf, stemmte lässig die Fäuste in die Hüften, drückte das Kinn in die Halsgrube und sagte mit hübscher Stimme: Heil Hitler! Ich fand das nett. Einzig und allein die Roten, die im Jahr achtzehn nicht hingerichtet worden waren, und ihre verrotzten Nachkommen verachteten die Deutschen, redeten schlecht über sie und fluchten ihnen neidisch hinterher. Allerdings so, dass es die Deutschen nicht hörten.

Einmal war ich mit Rebekka beim Einkaufen in Fritzens Kantine, als zwei Militärpolizisten von der SS hereinkamen. Fritz schlug die Hacken zusammen und reckte blitzschnell den Arm. Einer der Polizisten verlangte nach Fritzens Militärpass. Fritz kramte ihn aus der Jackentasche. Ich sah ihm an, wie nervös er war, sogar seine Gesichtsfarbe hatte gewechselt. Der Militärpolizist warf einen Blick auf den Pass und sagte: Gehen wir. Fritz verschwand in einem schwarzen Loch wie viele andere unserer deutschen Freunde auch.

Neuer Betreiber der Kantine wurde ein SS-Bursche aus Westpreußen, der nur einen Stern am Kragenspiegel hatte.

Nach der Ankunft der Deutschen wollte der Oberst ein großes Fest in seiner Grenzschutzvilla veranstalten. Er rieb sich die Hände und sagte zu mir: Jetzt kannst du uns zeigen, was für eine großartige Gastgeberin du bist, du richtest Tische und alles Pipapo so prächtig her, dass die Deutschen sehen, auch hier oben leben ein paar Menschen, die den arischen Standard kennen und erfüllen.

Die Blockhausvilla des Obersts, der erst Katri und dann ich als Hausherrin vorstand, war ein dezent wuchtiges Gebäude: Das Haus selbst hatte im Erdgeschoss sechs Zimmer sowie Küchenräume und im ersten Stock zwei Zimmer weniger. Zum Gut gehörten auch eine Birkenallee und ein Erdkeller, in dem ein Räucherschinken an der Decke hing. Der Oberst sorgte dafür, dass in den Kellerregalen immer Dickmilchbottiche standen, die eine dicke, rötlich gelbe Haut hatten. Tyyne Petäjäinen, die Vorsitzende des Arbeitsfestkomitees, buk jede Woche Hefebrote für den Oberst, und die bewahrte ich in einer alten, grünlichen Holztruhe im Erdkeller auf. Der Brotgeruch steigt mir bis heute in die Nase, so gut war er. Der Oberst mochte die einfache Formsprache. Unterstandsarchitektur und Feldbett taugten seinem Auge am besten, über Speers größenwahnsinnige Barockkolosse lachte er.

Ich taufte das Fest »Vaterländischer Abend«, und die eigentlichen Arbeiten übernahmen Lottas aus dem Rovaniemier Stadtteil Korkalovaara.

Die ersten Gäste strömten schon am Morgen des Festtags herein. Als Erster kam unser Ehrengast, ein guter Freund des

Obersts, nämlich Vidkun Quisling, der norwegische Naziführer, eine ungemein kultivierte Person. Dann kam der zum Alkohol neigende General Hjalmar Siilasvuo, den der Oberst damals noch nicht hasste, sowie die bayerischen Freunde des Obersts, die Gestapo-Majore Heinrich Reitz und Wilhelm Laqua, der mir als Geschenk eine hohe, in Ostpreußen gedrehte Blumenvase mitbrachte. In seinem Trinkspruch sagte Laqua, von nun an verlaufe die schnellste Verbindung zwischen Deutschland und Finnland über Kirkenes, und nach dem Winterkrieg, der wegen seiner Kürze blutarm geblieben war, seien alle unschönen Dingen zwischen Deutschland und Finnland in Vergessenheit geraten, wir hätten einen gemeinsamen Feind, viele Ähnlichkeiten, und das genüge. Der Oberst sagte in seiner Rede, jeder Finne hege in seinem Herzen Angst und von Verachtung durchsetzte Abscheu gegenüber dem Russen, und diese Aversion habe das finnische Volk seit dem Großen Unfrieden von 1714 bis 21 im Blut. Das Gleiche gelte für die Juden, weil Russentum addiert mit Erfolg, Intelligenz und Geschäftemacherei so viel wie Bolschewismus sei. Dann hoben wir alle die Gläser auf das gemeinsame Feindbild.

Die deutsche nationalsozialistische Partei hatte ein Büro in Helsinki, und von dort kam Wilhelm Jahre, der Kreisleiter Finnland, zusammen mit Arvi Poijärvi, dem künftigen Direktor der Schulbehörde, sowie einigen Pfadfinderführern, die für die Kontakte zur Hitlerjugend zuständig waren. Dann war da noch der hübsche Yrjö von Grönhagen, Anthropologe und Forscher am Ahnenerbe-Institut der SS und Himmlers Busenfreund, der nach dem Krieg die Winter in Griechenland verbringen und im Sommer eine Pension am

Ufer des Tenojoki unterhalten sollte, in der ich und der Oberst später oft übernachteten und Yrjös elegante Gesellschaft genossen. Die finnische Staatspolizei wurde vertreten von Tauno Heliara, der den Führer als herausragendsten politischen Anführer der Weltgeschichte pries, und vom überaus sachlichen Paavo Säippä.

Wir waren uns schon während des Winterkrieges bei einer Episode begegnet: Paavo, damals staatlicher Polizeichef, war in Inari im Kontor aufgetaucht und hatte zu mir gesagt, er komme in einer schrecklich dringenden Angelegenheit für den Oberst. Ich nichts wie ins Hinterzimmer, den schnarchenden Oberst wecken. Paavo und General Wallenius waren zuvor gerade bei der Gestapo in Berlin zu Besuch gewesen, um dort um deutsche Hilfe anzusuchen. Die war ihnen jedoch verwehrt worden. Paavo und der Oberst studierten zunächst am Schreibtisch ausgiebig alte Landkartenstückchen, die mit Klebepapier zusammengeflickt worden waren. Dann tranken wir Kaffee, und Paavo berichtete mit matter Stimme aus Berlin: Himmler habe gesagt, ihr Finnen seid von minderwertiger Rasse, rückständig, langsam, unbeholfen, schwerfällig, und ihr werdet später neben den Juden auf dem Mond untergebracht, und außerdem gebe es ein Zusatzprotokoll, in dem sie Finnland den Russen versprochen hätten, sofern sie selbst Polen und das gesamte Baltikum bekämen. Darauf der Oberst: Wer macht sich schon was aus Polen und dem Baltikum. Paavo fuhr fort: Als wir schon vollkommen niedergeschlagen gehen wollten, wandte sich Wallenius wütend an Himmler und sagte, ihr habt uns an Stalin verkauft, wie Judas Ischariot Jesus verkauft hat, für die Folgen werdet ihr noch bezahlen. Paavo wischte sich den

Schweiß von der Stirn. Düstere, schwere Stille legte sich über ganz Inari. Schließlich setzte der Oberst ihr ein Ende, indem er seufzte: Keine Angst. Kein Grund, Angst zu haben, sagte er, der Nichtangriffspakt zwischen Stalin und Hitler ist nur eine Intrige von Hitler, um die Russen in die Irre zu führen. Mit dem Vertrag hat Deutschland Zeit herausgeschlagen, um den Kriegszug gegen Russland vorzubereiten. Paavo schwieg. Verträge sind immerhin dazu da, gebrochen zu werden, fuhr der Oberst fort und zündete sich eine Pfeife an, wie er es immer tat, wenn er nervös war. Und auch in dieser Sache hatte er recht. Wie immer. Paavo Säippä war kein fanatischer Nazi, sondern ein gemäßigterer Mann der Volksherrschaft, der die Kommunisten nicht anständig hassen konnte, weil er sie für Menschen hielt. Darum wurde er nach dem Winterkrieg auch aus der Polizeiführung geworfen. An seiner Stelle wurde ein Freund des Obersts eingesetzt, der womöglich strengste Nazi der finnischen Halbinsel, Arno Anthoni.

Die weibliche Anmut wurde auf dem Fest repräsentiert durch die jungen Lottas von Rovaniemi, durch die Gattinnen der Bankdirektoren und Honoratioren sowie deren Töchter im heiratsfähigen Alter. Sie schwärmten zwischen den Männern umher, lächelten schüchtern oder offen, ganz wie sie wollten. Wir hatten alle unwahrscheinlich Spaß. Jemand spielte auf dem Klavier Chopin, ein anderer sang einen kleinen Vers, und ich las selbstverständlich Gedichte von Koskenniemi auf Deutsch vor und deklamierte auf Finnisch aus dem Kalevala.

Die Sporen des Dritten Reiches klirrten fröhlich, als die deutschen Beobachtungsoffiziere mit ihren schönen Gesichtern im Saal und im Raucherzimmer paradierten. Sie rochen nach Kölnisch Wasser und Rosen, ihre Kinne waren glatt und die Haare anständig gestriegelt. Ehrengast war General von Adel Falkenhorst. Der Führer hatte ihn als Kenner des nordischen Lebens zum Oberbefehlshaber über alles ernannt, was in unseren Breiten getan wurde. Sein Stützpunkt befand sich in Kirkenes, trotzdem kam er häufig bis Rovaniemi herunter. Dieser Experte arktischer Verhältnisse konnte nicht Ski laufen, nicht in die Sauna gehen und hasste Rentiere und die nachtlose Nacht. Sein Schwanz war von einem Narbengeflecht überzogen, weil er entweder eine Granate in den Schoß bekommen oder eine Nutte ihn aus Rache mit Syphilis angesteckt hatte. Falkenhorst, wie die Deutschen im Allgemeinen, hielt eine fürchterliche Militärdisziplin aufrecht, stand daher auch andauernd unter starkem Nervendruck und hatte ein zerknautschtes Gesicht. Unter seinesgleichen war er dermaßen verspannt und erregt, dass er über und über grau wie Sülze war, aber wenn wir zum Beispiel zu einem Ausflug in die Wildnis aufbrachen oder zum Fischen auf die Insel Ukonsaari im Inari-See, dann kramte er die Kamera aus dem Rucksack, legte sich in eine Felsspalte und fing an, Bilder zu machen von einem Schneehuhn oder einem zahmen Fuchs. Er zwitscherte auch dem Oberst vor, wie sehr er alles Kleine liebe, das der Schöpfer erschaffen habe, Ameisen, Raupen und Beutelteufel, und dass er Deutschlands größte Käfersammlung besitze. Er erzählte uns Witze, sang deutsche Volkslieder, in denen Hunde furzten, und machte zwischendurch sogar ein Tänzchen. Er war so kindisch, so voller romantischer Träumerei und Begeisterung – derselbe Mann, der in sämtlichen Ödwäldern auf allen Seiten der Grenzen gefürchtet wurde. Manchmal hatte er ungarischen Pflaumenschnaps dabei, den wir dann maßvoll pichelten. Einmal hatte er einen sentimentalen Anfall und eröffnete uns, sein größter Traum sei es, den Rest seines Lebens als Rigoletto auf der Nürnberger Opernbühne zu verbringen. Er war schon seit dem Befreiungskrieg ein Freund Finnlands und schmeichelte den Finnen schwer. Er pries uns als gutes und unbesiegbares Sport- und Militärvolk, dann wieder als unauslöschlichen Vorposten gegen den Bolschewismus. Mir erklärte er mit dem Blaurotstift in der Hand, wie die offiziellen Farben des Dritten Reiches den ideologischen Inhalt symbolisierten. Rot stehe für den Nationalsozialismus, Weiß für das Völkische und Schwarz für den Rest. Nie sprach er direkt über Rassenverfolgung, über das Töten von Andersartigen und Kranken, über die Verherrlichung von Brutalität und Gewalt, über die Erniedrigung der Frau zur Maschine, über den Einsatz von Sklavenarbeit, den Tod durch Verhungern, Vernichtungslager, Herrenvolkmoral, maßlosen Gesundheitsfanatismus, Verehrung des Spartanischen. Vor allem hielt er, wie alle Deutschen, den Mund darüber, dass die Naziführer den christlichen Glauben nicht ausstehen konnten, wir Finnen aber alle fromme Lutheraner waren.

Unser Vaterländischer Abend endete, als der Oberst aufbrechen musste, um Krieg zu führen. Er hatte es schrecklich eilig, an die Front zu kommen, bevor ihm dort die Russen ausgingen. Auch ich selbst wollte gleich im Juni einundvierzig aufs Schlachtfeld. Die Männer sollten die Hüfte der Finnmaid verbreitern, und die Pflicht von uns Frauen bestand darin, dafür zu sorgen, dass sich die Männer aufs Kriegführen konzentrieren konnten. Der Oberst schwor, nicht eher wieder zu lachen, bis die Fahne Finnlands erneut auf dem Dach der Burg von Viipuri wehe. Ich dachte, das Leben an der Front macht wesentlich mehr Spaß als das Herumspielen mit Zahlen, weil dort alles passieren kann. Der Oberst war natürlich gegen meinen Aufbruch. Er wolle, sagte er, dass ich in der Wildnis Lapplands für ihn aufbewahrt werde, wie in Bernstein eingeschlossen, und dass es eine albtraumhafte Vorstellung für ihn sei, wenn sämtliche Soldaten, die an der Front gegen den Fotzenhunger ankämpften, auf mich scharf würden und ich womöglich den Keuschheitsgürtel lockerte und einen sympathischen jungen Offizier an die Ritze ließe. Er sagte: Du gehörst mir, und andere Männer dürfen dich nicht so anschauen, wie ich es darf. Zusammen seien wir was Besonderes, etwas ganz anderes als die anderen. Letztendlich war ich der gleichen Meinung. Ich wollte keine hässliche, fette Frau werden wie Vanni Luukkonen, die Lottaführerin. Also gab ich mich damit zufrieden, Handarbeitsgesellschaften im Hotel Pohjanhovi zu organisieren. Dort bastelten wir bei Schwatz und Sherry aus Faden der aus der Haut getrockneter Tiere gesponnen war, hübsche Lampenschirme nach einem Muster, das Irma Koch in einer deutschen Handarbeitszeitschrift vorgelegt hatte. Aus cremefarbener Haut bekam man beigefarbenen Faden, aus dunklerer Sierra. Im Prinzip war das Vorgehen bei der Fadenherstellung das gleiche, das auch die Lappen kannten. Sie zwirnten aus Rentierdarm Garn, mit dem sie dann aus Rentierhäuten geschnittene Stücke zu Pelzen und Schuhen zusammennähten.

Das Zentrum von Lappland war zur Kriegszeit und ist bis heute Rovaniemi, so wie es Helsinki im Süden ist. Das Hotel

Pohjanhovi wiederum war damals und ist nach wie vor das Herz von Rovaniemi. Während des Winterkriegs wohnten dort an die vierzig Zeitungsleute aus aller Welt. Mit dem Fortsetzungskrieg quartierten sich in der Stadt überdies auf Dauer sechstausend deutsche Soldaten ein, wir finnische Zivilisten waren gerade mal zweitausend Leute mehr.

Winterkriegsheld Wallenius hielt sich für den hellsten Stern Lapplands und mischte überall mit. Er posierte mit Tränen in den Augen für ausländische Fotografen, während er die Locken eines russischen Kriegsgefangenen streichelte, und schaffte es damit auf eine Doppelseite in der Mitte der *Time*, obwohl er in Wahrheit jeden Gefangenen wie Scheiße behandelte. Der Oberst war natürlich neidisch, weil er selbst gern bei allem im Mittelpunkt gestanden hätte. Er hatte sich immer mit der Rolle des zweiten Mannes zufriedengeben müssen, was ganz schrecklich war für einen so ehrgeizigen und von Konkurrenzdenken geprägten Mann wie ihn, aber ein General überflügelt nun mal einen Oberst, so einfach ist das.

Einmal lief ich zur Zeit des Fortsetzungskrieges bei mächtiger Kälte auf Skiern über den von den Deutschen erbauten, nach Rommel benannten Flugplatz Rovaniemi und schnupperte, wie der Wind den Geruch siruphaltiger Brotlaibe von der großen Bäckerei Klein-Berlin herüberwehte, als ich einen Mann mit Baskenmütze im Schnee stehen sah. Ich fragte ihn, was mit ihm los sei. Er darauf, er habe sich verlaufen. Es handelte sich um Bernard Le Corps, den französischen Dichter und Journalisten von *Le Monde*. Ich verliebte mich Hals über Kopf in ihn, als ich seine menschenfreundlichen, schelmischen Augen und seine ganze mitfühlende Erscheinung sah. Ich nahm die Skier unter den Arm und begleitete ihn auf dem Rückweg zum Pohjanhovi. Er lud mich zum Dinner ein. Ich nahm an. Wir aßen Gans in Gelee, Lachs à la Kalsta, und zum Schluss ließen wir uns noch Eiskonfitüre schmecken, also Vanilleeis mit Konfitüre. Er redete mit mir über die Verbote, Hindernisse und Hemmungen, die aus den europäischen Werten, Traditionen und dem Kulturerbe hervorgingen und den skrupellosen Menschen davon abhielten, sich allen möglichen niederen Gelüsten und überflüssigen, selbstsüchtigen Bedürfnissen hinzugeben. Wir wurden Herzensfreunde.

Bernard schrieb mir zunächst ein Gedicht mit dem Titel »Die blutige Eintönigkeit des Krieges«. Ich schrieb ihm einen Vers über ein sanft verfallenes, seinem eigenen Glück überlassenes nordfinnisches Haus und brach in Tränen aus, als ich es laut las. Bald hatten wir einen ganzen Haufen gereimtes Zeug beisammen. Ein Stück, das Bernard geschrieben hatte, kann ich noch auswendig aufsagen: Die Deutschen gewinnen nur im Sommer, in Winterkriegen bestehen sie nicht, auch Frankreich griffen sie am fünften Mai an, als die Frühjahrsregenfälle aufgehört hatten. Ich habe das frei übersetzt, darum reimt es sich nicht richtig. Auf Französisch hatte es einen guten Rhythmus.

Was die Deutschen betraf, hatte Bernard recht. Die Germanen, die immer vom Zauber der Wildnis schwadronierten, hatten in Wahrheit Angst vor Wäldern, Birkentälern, Schnee, Dunst, Nebel, Stille, bewölktem Himmel, flachem Gelände, Feldern und Sümpfen, Süßwasserseen und Teichen, Fliegen, Käfern, Schnaken, Bären, Rentieren und Gnitzen.

Außer mit Bernard freundete ich mich im Pohjanhovi mit einem Engländer namens Jack an, der ein Gauner und ein Schurke war. Er sagte, er sei gekommen, um gegen die Finnen zu kämpfen. Jack war ein Abenteurer, der weder lesen noch schreiben konnte. Außer mir betörte er noch die als Feldhure bekannte Tyyne Sieppinampa sowie Helmi Verilähde, die ihm ein halbes Jahr lang hinterherweinte. Freundschaft schloss ich auch mit Magnus Dyrssen, dem Kommandanten der schwedisch-norwegischen Freiwilligenarmee. Am Ufer des Ounasjoki lasen wir einander vor: ich ihm Goethe auf Deutsch, er mir Strindberg auf Schwedisch. Er war ein Mann mit furchtbar scharfem Verstand und klugem Herz. Und er hatte einen guten Charakter. Oft seufzte er traurig, der moderne Mensch sei bloß eine Rechenmaschine. Ich hätte ihn auch dem Oberst vorgestellt, aber ein russischer Scharfschütze tötete ihn, noch ehe er richtig am Frontabschnitt von Salla angekommen war.

Wir Bewohner Rovaniemis bekamen von den Deutschen alle möglichen Geschenke. Generaloberst Dietl wollte verhindern, dass die Alpenjäger das Skifahren verlernten, darum befahl er den deutschen Soldaten, am Ounasvaara den ersten Abfahrtshang zu roden. Eigentlich sollte es ein Geschenk Dietls an den Oberst sein, der als alter Sportler den Skiverein Ounasvaara gegründet hatte. Natürlich war der Oberst ein geschickter Skifahrer, diese Kunst zu erlernen hatte schon bei der Jägerausbildung in Deutschland zur Pflicht gehört, und nicht einmal Dietl kam gegen ihn an. Mir brachten die deutschen Soldaten den Abfahrtslauf bei. Mehrmals in der Woche waren wir auf der Piste und genossen das Leben. Soldaten sind ja sorglose Kerls, die Höherrangigen treffen Entscheidungen und tragen die Sorge, weshalb der einfache Soldat nur noch gehorchen muss. Hatte ein Soldat seine Pflicht erfüllt, wie in diesem Fall jene, mich zu unterrichten, ging er anschließend sofort Karten spielen oder gab sich Ausschweifungen hin. Ein solcher Soldat lebte auch im Oberst. Dietl saß stundenlang mit ihm in der Sauna, manchmal bis zum nächsten Morgen, und Rudolf, der Neffe des Obersts, fungierte, wann immer er da war, als Aufgussmacher, Rückenwäscher, Mundschenk für die Saunaschnäpse und Nägelschneider. Sie demütigten ihn. Einmal rettete ich Rudolf vor dem Tod, als der Oberst und Dietl ihn bei schrecklicher Kälte nackt um die Sauna herumrennen ließen und mit kaltem Wasser übergossen. Rudolf floh nach Deutschland. Er schloss sich dem finnischen Bataillon der Waffen-SS an und unterschrieb einen Vertrag über zwei Jahre. Er kämpfte in der Ukraine und kehrte im Jahr dreiundvierzig als geschlagener Mann zurück. Ansonsten war Dietl ein großartiger Gesellschaftsmensch, intelligent, witzig und klug. Er liebte Rentiergeschnetzeltes und österreichische Essigwürste, die er uns mitbrachte, und ihm schmeckten leckere Schnäpse ebenso gut wie Jahrgangsweine. Immer wenn sie ein Glas ex tranken, sagte Dietl in klarem Finnisch: Nieder mit dem Russen, Wohlsein! Die Standardantwort des Obersts lautete dann: Auf das große Finnland und das freie Archangelsk! Ich dachte eine Zeit lang, der Generaloberst sei Österreicher, aber nach dem Krieg erfuhr ich, dass er aus Bayern stammte. Die Eröffnung des Slalomhangs wurde im Pohjanhovi groß gefeiert. Dort sagte Dietl zu mir: Du bist die schönste Frau der ganzen Stadt.

Nach dem Fest vergingen nur sechs Monate bis zu dem schrecklichen Flugzeugunglück.

Im großen Ganzen sorgte die Kriegszeit dafür, dass bei mir und dem Oberst die Gefühle umso klarer und unsere Gemeinsamkeiten noch weitreichender wurden. Die Nähe des Todes wirkte auf uns wie ein Magnet. Nie war ich so lebendig wie damals. Im Kriegslärm kam das Sympathische am Charakter des Obersts deutlich zum Vorschein. Seine Auffassungsgabe für Situationen war schier unglaublich, er konnte stets etwas so Scharfsinniges bringen, dass ich unbändig lachen musste. Er wusste, wie man intelligente und bildschöne junge Frauen betörte, und besonders nennenswert war das Ausmaß seines Wissens. Er wusste alles über Geschichte, Landvermessung, Chemie und Psychologie wie auch über Philosophie. Er hatte ein so gutes Auge, dass ich nie genug davon bekam. Und er wusste, wie er sich zu verhalten hatte, damit ich nicht dachte: Ist das ein furchtbar alter Kerl. Außer manchmal natürlich.

Rache war der Geist der Zeit, und man gab ihm einen Namen: Nationalismus. Darauf bauten die Kriegsmaßnahmen auf. Schweden half dem Dritten Reich, indem es Geld, Erz und Kugellager hinschaffte. All das brauchte der Führer, um die Kriegsindustrie in Gang zu halten. Himmler war in Rovaniemi aufgetaucht und hatte Dietl mitgeteilt, er wolle in einer echten Rauchsauna saunieren. In seiner Not wandte sich Dietl an den Oberst und fragte: Kann der Himmler zu euch kommen, wo ihr doch die beste Sauna in ganz Lappland habt? Es ging in Ordnung, und so kam Himmler mit seinem Presseattaché Hans Metzger an, einem echten Nazi und Busenfreund von Risto Ryti. Er amüsierte uns, indem er in Helsinkier Mundart daherredete, strahlte richtig und ernannte uns zu Ehrenariern. Wir aßen, tranken und gingen in die Sauna. Neben den Männern waren auch ich und ein paar andere Mädchen mit frischen Titten dabei. Wir warfen die Kleider ab und setzten uns auf die oberste Pritsche. Dann kamen die Männer und als Letzter Himmler in langen Unterhosen und mit Brille auf der Nase. Alle guckten ihn verwundert an, aber keiner sagte etwas. Himmler lobte die Aufgüsse und schlug uns Mädchen genussvoll mit dem Birkenquast. Zwischendurch gingen wir in den Vorraum, um Saunagetränke zu uns zu nehmen, dann wieder in die Hitze. Als es an der Zeit war, sich zu waschen, seiften wir anderen einander den Rücken ein, aber niemand traute sich, Himmler anzufassen. Er wusch sich überhaupt nicht, weil er Angst hatte, die langen Unterhosen könnten nass werden.

Alles Gute und Herrliche, wie zum Beispiel der Saunagang mit Himmler, endete im Dezember einundvierzig, als der Marschall die Erlaubnis verweigerte, das ihm so liebe Leningrad zu erobern. Der Oberst war natürlich furchtbar enttäuscht. Allen sei klar gewesen, sagte er, dass der Baron – er nannte den Marschall immer Baron – nicht zum Kriegsführer tauge, weil er nichts von Kriegsführung verstehe und mit seinem Wissen so hintendran und auch sonst ein Arschloch sei, aber diese Entscheidung könne kein finnischer General hinnehmen. General Airo kehrte mit dem Besen hinter dem Marschall her. Der Oberst wusste genau, wenn er und die Deutschen Leningrad erobert hätten, hätte man die Menschen nie aus der Stadt herausgelassen, sondern sie im Winter sterben lassen. Im Frühling wären dann die deutschen Sanitätstruppen mit ihren Maschinen gekommen und hätten zwei Millionen russische Leichen beseitigt. Leningrad wurde also nicht eingenommen, und die Soldaten mussten sich in den sumpfigen Wäldern beiderseits der Frontlinie in Schützengräben einbuddeln. Der Oberst sagte, der Traum des Barons sei es gewesen, im Jahr achtzehn in Russland zum Kommandanten der Armee des Zaren und der Weißen Truppen aufzusteigen. Erst nachdem dies nicht geschehen war, landete er in der Führung des unbedeutenden Finnlands.

Der entsetzlich langweilige, zehrende Stellungskrieg dauerte zweieinhalb Jahre, bis wieder eine Phase der normalen Kriegsführung eintrat. Die blutarme Warterei raubte dem Oberst die Nerven. Er hielt es nicht aus, ständig auf der Stelle zu treten, und brüllte, der Unterstand bringe mit der Zeit den härtesten Mann um, die Kerle wichsten, dass ihnen das Rückenmark schmelze, und er habe an der Misse lange genug im Schützengraben gelegen, ob das nicht endlich reiche. Dabei war er selbst gar nicht an der Front gewesen und hatte während des ganzen Fortsetzungskrieges kaum einen Schützengraben gesehen.

In meiner Erinnerung war jene Zeit schwer und schön zugleich. Obwohl der Oberst nervös war und wie ein Verrückter darauf hinfieberte, dass die Kämpfe wieder aufgenommen würden, machten wir es uns zu zweit gemütlich. Manchmal verbrachte er eine ganze Woche bei mir in Inari. Er nahm mich mit in den alten Fichtenwald, wo wir dem Wechselgesang von Schneehuhn und Auerhahn lauschten, er griff nach meiner Hand und flüsterte: Ich liebe dich, ich liebe dich, ich liebe dich, und mein Herz war wie eine Sternschnuppe, die ganz Lappland erleuchtete. Mir war, als könnte niemand so lieben wie ich, als könnte meine Liebe zum Oberst niemals erlöschen und würde sich auch nicht im Lauf der Jahre in lasche Zuneigung verwandeln wie bei allen anderen. Meine Liebe ist feuriger als jede andere. Meine Leidenschaft ist eine Religion, für die ich bereit bin zu beten und zu erleiden. Ich lebte für den Oberst und war bereit zu sterben, falls er es wollte. Ich erfüllte ihm jeden Wunsch, genoss es, ihm zu dienen und für ihn zu huren, ohne an mich und meine Lust zu denken. Ich machte aus mir genau so eine, wie er sie haben wollte.

Ich würde sagen, der Höhepunkt des Krieges kam im Sommer zweiundvierzig. Da feierte der Marschall seinen fünfundsiebzigsten Geburtstag. Der Oberst hatte eine Einladung für zwei, und das hieß, dass ich die zweite Person war. Schon Wochen im Voraus wurde getuschelt, an der Feier werde auch ein geheimer Ehrengast teilnehmen. Wieder flogen wir bei den Deutschen mit, als es von Rovaniemi direkt nach Immola ging. Ich sah vom Fenster der Maschine aus, wie ein Teil der riesigen, an den Straßen aufgetürmten Holzstapel unter uns lichterloh brannte und der andere Teil schwarz qualmte.

Am Ziel waren dann allerlei Festgäste versammelt. Da war Risto Ryti, der verkündete, der Führer sei ein Mensch, der warm empfinde, eine herzliche, große Persönlichkeit, die es gut meine. Da waren Kriegsminister General Walden mit seiner humorlosen Frau Anni Hellin Konkola, der stets großartige Alarik Rossi, Bischof Tapaninen und General Talvela, der Dietl gar nicht leiden konnte. Für den größten Glanz aber sorgte der Führer selbst, der auf der Anreise einen Zug an den Beinen abbekommen, seinem Leibarzt daraufhin ein paar Extraspritzen Eukodal für in den Arsch und Kokain für in die Nase abgebettelt hatte und nun mit Salz überzogenes Kiefernharz kaute, um wieder einen natürlicheren Geschmack in den Mund zu bekommen. Als der Führer die Räumlichkeiten betrat, erschrak ich richtig. Er war von kümmerlichem Wuchs, hatte einen runden Säuglingsbauch, und seine rechte Schläfenader war geschwollen. Neben ihm sah der Oberst wie ein junger Bursche aus, obwohl beide im selben Jahr geboren waren. Der Führer trug einen Anzug in der Farbe der Wüste Sahara mit Eisernem Kreuz und dem goldenen Verdienstabzeichen der nationalsozialistischen Partei, darunter ein blütenweißes Hemd mit großem Kragen und eine straff gebundene, schöne Krawatte. Ein schmaler Schulterriemen lief quer über die Jacke, und der Gürtel war breit. Die zitternde Hand hatte er fest an die Schnalle gelegt, und mit der anderen richtete er sich das Haar, das ihm in die Stirn fiel. Ich suchte die weltberühmten eisblauen Augen, die auch schon mal als traurig und einsam bezeichnet worden waren, fand sie aber nicht. Ich fand auch nicht den berühmten Blick, von dem es hieß, er sei schwarz und bodenlos. Seine Augen waren triefig und trüb und außerdem kalt. Als ich von der Seite seine viel gerühmte Haut betrachtete, war sie runzlig und schuppte sich. An der Nase reihte sich Pickel an Pickel. Der Zinken selbst war verbeult, wie aus Bakelit geformt.

Der Marschall, der übrigens nie Hecht aß, aber Krähenbraten mochte, glotzte den Führer von der anderen Seite des Saals aus an, als hätte er eine Handgranate verschluckt. Später sagte der Oberst, der Marschall habe schlechte Laune gehabt, weil er da schon gewusst habe, dass die Deutschen den Krieg verloren, und es ihn angewidert habe, seinen Geburtstag unter Verlierern zu feiern. Der Führer lachte prahlerisch und klopfte dem Marschall irrtümlich auf den Rücken, wo der Marschall es doch nicht leiden konnte, wenn man ihn anfasste. Natürlich nicht, nachdem ihn in seiner Kindheit alle möglichen Frauen so richtig zuckrig betatscht hatten, tief in den Kammern des Gutshofs Louhisaari, wo er zufällig zur Welt gekommen war.

Auch ich musste arbeiten, und je länger der Krieg dauerte, umso mehr wurde malocht. Die Lage änderte sich in einem fort, und ständig kamen neue Befehle. Zwischenzeitlich war ich ganz durcheinander und wusste schon gar nicht mehr, was jetzt der letzte Befehl gewesen war.

In Inari gab es bis zu neunundzwanzig Gefangenenlager, in die man die Russen steckte, die geschnappt worden waren oder die sich ergeben hatten. Die meisten Lager standen unter dem Kommando der Waffen-SS, und meine Aufgabe war es, über die Gestorbenen, Erschossenen und Geflohenen Buch zu führen, weil ich Deutsch konnte. Die Deutschen zahlten den Finnen und Samen für die Festnahme jedes geflohenen Russen eine Belohnung in Form von Schnaps und Zigaretten. Ein Iwan wurde an einem Kiefernast aufgehängt und baumeln gelassen, ein anderer wurde erschossen und blieb im Schnee liegen, einen dritten zwang man, in ein Eisloch zu steigen, und ertränkte ihn dort, ein vierter wurde mit Stacheldraht nackt an eine tote Kiefer gefesselt, wo ihn die Mücken bei lebendigem Leib auffraßen. Bolschewiken, Kommissare, Politruks und Partisanen kamen leichter davon. Sie wurden von den Deutschen sofort erschossen. Im Krieg leidet der feindliche Soldat am meisten, der Offizier am wenigsten.

Neben den Lagern in Inari fielen in meine Verantwortung auch die von den Finnen betriebenen Lager von Kolosjoki und Palkisoja in Ivalo, das Kriegsgefangenenlager Nummer 9 auf der zu Kemi gehörenden Insel Ajo, sämtliche Regionallager von Rovaniemi, Kemijärvi und Sodankylä sowie das Gefangenenlager Nummer 19 in Oulu, die Nummer 21 in Liminka, die Nummer 4 in Pelso sowie die Verbuchung der Kadaver aus den Lagern entlang der Eismeerstraße. An der lagen das zu Rovaniemi gehörige Lager Kulus, die zu Sodankylä gehörenden Sieppijärvi, Aska und Sattanen, die Lager Pakisoja in Inari, Parkkina in Petsamo und Liinahamari. Zusätzlich trug ich die Buchführungsverantwortung für die Kadaver im Stalag 309 in Kuolajärvi in der Gemarkung Salla. Es war Arbeitslager, Ordnungslager und Konzentrationslager zugleich, und ihm waren die Zweiglager Alakurtti, Vuolajärvi, Rovajärvi, Korijärvi, Kairala, Nurmi, Lampela, Seipäjärvi und Rovaniemi unterstellt.

Ich malte gerade hübsche Zahlen ins Rechenheft und addierte alles fein säuberlich, als der Oberst anrief und sagte: Schmückt den Baum und räumt auf, ich komme gleich mit einem deutschen Gast. Sie kamen erst am Abend nach zehn. Der Oberst öffnete die Tür, und der Architekt des Führers, Rüstungsminister Speer, trat ein. Mir drehte sich das Herz einmal komplett um, und ich bekam weiche Knie. Speer zog schlimm das rechte Bein nach und sah tief bedrückt aus, obwohl er versuchte, mich anzulächeln. Hulda reichte als Willkommenstrunk Moltebeerenlikör, und Speer trank mit einem Schluck das Glas aus. Ich bat die Herren zu Tisch. Speer mundete es nicht, obwohl Hulda einen durchaus schmackhaften Rentierbraten zubereitet hatte. Der Oberst aß, und Speer beklagte sich über sein Bein. Ich: Wir holen den Leibarzt des Obersts, aber Speer sagte Nein. Er war schrecklich nervös, schwitzte, wanderte im Saal umher, von einer Ecke zur anderen. Der Oberst holte eine noch ungeöffnete Flasche französischen Kognak aus dem Schrank, und die tranken sie zur Hälfte aus. Erst dann entspannte sich Speer so weit, dass er herausbekam, was ihn bedrückte. Er hatte eine Embolie im Bein bekommen, nachdem er gehört hatte, dass der Führer die Weisung erteilt hatte, ihn umzubringen. Doch ehe die Mörder gekommen waren, war es ihm gelungen, in einer Privatmaschine nach Rovaniemi zu entkommen. Er rang die Hände und verzog das Gesicht und brach in Tränen aus. Der Oberst schlüpfte in den Flur und rief Klein-Berlin an, sie sollten den Verräter holen kommen. Kurz darauf klopfte es an der Tür, und Deutsche in Zivil nahmen Speer mit. Er war kreidebleich im Gesicht und sagte kein Wort mehr.

Im Januar dreiundvierzig wurde ich von einer Instanz, die über dem Oberst stand, abkommandiert, im Zentrallager Kuolajärvi Inventur zu machen. In der Buchhaltung gab es Kuddelmuddel, und ich sollte die Zahlen neu durchrechnen. Ich rief den Oberst an, dass mich das Zentrallager Kuolajärvi gerufen habe. Darauf der Oberst, dort lasse er mich nicht allein hin. Also fuhr ich nach Rovaniemi runter und musste eine Woche lang auf den Oberst warten. Erst flogen wir mit einer deutschen Militärmaschine nach Salla. Zum Flugplatz brachte uns Generaloberst Dietls pockennarbiger bayerischer Chauffeur, der stockbesoffen war. Er fuhr wie ein Wilder über die vom Winterfrost harte Kauppakatu, ich kreischte, und der Oberst lachte sein dröhnendes Lachen. Bald kam ein schrecklicher Schneesturm auf. Durchs Wagenfenster sah ich, wie sich vor einem Barackenlokal junge Frauen in Skihosen scharten und gut aussehende deutsche Soldaten sie umschwirrten. Irgendwie beneidete ich sie.

Als dann die Maschine auf dem Flugplatz landete, der am Suulajärvi angelegt worden war, bot sich meinen Augen ein unschöner Anblick. Freiwillige finnische Burschen in anständigen Winterklamotten und halb nackte russische Kriegsgefangene schaufelten in dem entsetzlichen Schneesturm die Landebahn frei. Jedes Mal, wenn ein Windstoß die Bahn zuwehte, mussten sie wieder neu ansetzen. Alatalo fuhr uns zum Zentrallager Kuolajärvi. Es war von einem doppelten, zweieinhalb Meter hohen Stacheldrahtzaun umfriedet, und zwischen dem Doppelzaun hatte man ein Alarmsystem aus Draht und Konservendosen installiert. Wache hielten ein Offizier, vier Unteroffiziere und achtundvierzig Wächter. Vor dem Stacheldrahtzaun empfing uns ein zugeschneiter Sandhaufen mit einem Schild darauf, auf dem stand: Hier liegen hundert Russen mit kurzem Hals. Aus den Hosenbeinen des einen oder anderen verhungernden Kriegsgefangenen lief blutiger Durchfall in den Schnee und gefror. Damals erschütterte mich all das noch richtig, weil ich so etwas in Finnland zuvor nie gesehen hatte. In Deutschland schon, aber das zählte nicht. Das hatte ich schon vergessen. Und auch sonst hatte ich noch nicht alles erlebt, so wie am Ende des Krieges, und war auch noch nicht von allem enttäuscht, so wie später. Als ich in einem Anfall von Mitleid einem Gefangenen meine Wollhandschuhe gab, drohte mir der

Lagerleiter mit dem Kriegsrecht. Seiner Meinung nach war es Staatsverrat, dem Feind Handschuhe zu geben. Der Oberst ging dazwischen und griff mit der Rechten an sein Pistolenholster, richtete die Waffe auf den Lagerleiter, zog die Augenbrauen kraus und fragte ihn, ob man ihm und seinen Leuten nicht beigebracht habe, wie man Minderrassige in Lagerhaft hält. In Deutschland hängt man sie wegen solcher Unsauberkeiten mit den Eiern an der nächsten Eiche auf, aber weil wir in Finnland sind und nicht in Deutschland, verurteile ich sie zu fünfhundert Peitschenhieben.

Allerdings war das bloß sein Humor, was der Lagerleiter auch verstand. Bis zum Abend hielt der Oberst, immer wenn es die anderen nicht sahen, meine Hand, und auf dem Rückweg nach Rovaniemi drückte er mich im Auto auf der Rückbank so grob an sich, dass ich glaubte, keine Luft mehr zu bekommen. Zwischendurch befahl er Alatalo immer wieder anzuhalten, und wir liebten uns auf Panzersperren, zwischen Betonkegeln und hinter Stacheldrahthindernissen.

Gegen Ende des Fortsetzungskrieges ging auch in Inari alles schrecklich durcheinander. Es trieben sich scharenweise deutsche Alpenjäger herum, die nicht mehr fähig waren zu kämpfen. Sie hatten aus Angst vor den russischen Partisanen die Nerven verloren. Sämtliche Zeichen deuteten darauf hin, dass das Ende des Krieges, also der Friede, unangenehm würde. Irgendwie trocknete die Stimmung aus, und die wichtigsten deutschen Anführer verschwanden einer nach dem anderen. Wir blieben wieder mal allein zurück.

Der Sommer vierundvierzig war am schwersten. Da war das Flugzeugunglück, das uns unseren lieben Freund Dietl raubte. Er war zum Adlerhorst gereist, um den Führer zu besuchen. Als er sich wieder auf dem Rückweg befand, flog die Maschine, die ihn transportierte, gegen einen Berg in den Alpen. Auf die gleiche Weise starben auch viele andere, wie etwa ein Architekt, der vor Speer Hitlers Augenstern gewesen war. Auch er war beim Führer im Adlerhorst gewesen, und bei der Rückreise war die Maschine gegen einen Alpenhang geflogen.

Für mich war Dietls Tod ein Grund zu tiefer Trauer. Der Oberst tröstete mich. Dietl habe sein Schicksal gekannt und sich, bevor er in Rovaniemi ins Flugzeug gestiegen war, schön von ihm verabschiedet. Viele Jahre lang dachte ich, dass Dietl nie zugelassen hätte, dass die Deutschen Lappland zerstörten, obwohl Dietl in Wahrheit dann doch auf Karten eingezeichnet hatte, wie Lappland niedergebrannt werden sollte.

Es war im selben Sommer, als der Oberst, ich und Falkenhorst in der Blockhausvilla am Tisch saßen. Wir taten uns an Kaffee und verschnittenem Kognak gütlich. Plötzlich fing Falkenhorst an, sich seltsam zu räuspern. Der Oberst erschrak richtiggehend und erkundigte sich, ob sein Gegenüber einen Herzinfarkt habe. Falkenhorst schüttelte den Kopf, den er mit beiden Händen hielt, und brachte mit schwacher Stimme heraus, es sei für ihn unerträglich, dass er, wenn Deutschland den Krieg erst gewonnen hätte, den Oberst und dessen schöne Geliebte, also mich, vergasen lassen müsste. Gemäß der Rassenlehre des Dritten Reiches gehören die Finnen nicht zu den Skandinaviern, ihr seid ein Magyarenvolk wie die Ungarn und werdet entweder desinfiziert, also sofort vergast, oder man sticht euch die Augen aus und schickt euch als Bergwerkssklaven hinter den Ural nach Sibirien. Er habe Mitleid mit uns, weil wir beide ihm liebe Menschen seien, und er habe Mitleid mit Finnland, weil es als Volk für das künftige Glück des Dritten Reiches alles gegeben und sich gleichzeitig aus Unwissenheit und Starrköpfigkeit vom Kriegserfolg des Führers habe täuschen lassen. Das machte mich und den Oberst sprachlos. Wir sagten nichts. Die ganze nächste Woche trug der Oberst das Gesicht falsch herum. In ihm breitete sich die Untergangsstimmung bis in jede Zelle aus.

Die Karelische Landenge, die Großangriffe der Roten Armee – so öffnete sich der Gordische Knoten. Verteidigungssieg, trotz des Marschalls. Eigentlich war es eine Niederlage, die wir Sieg nannten. Es brach ein Zwangsfrieden an, der Krieg im Osten hörte auf, und der Interimsfriedensvertrag von Moskau trat in Kraft. Es war tatsächlich ein Zwischenfrieden, denn Stalin wollte in Ruhe überlegen, was er den sieben Punkten auf seiner Forderungsliste hinzufügen wollte, die er an den Friedensvertrag geklebt hatte. Dann fügte er doch nichts weiter hinzu als zu beschließen, nach dem Beispiel des Zaren die Finnmaid als Sonderfall in ihrer eigenen Kategorie zu belassen. Er dachte wohl, verleihen wir den hitzigen Finnenburschen einen Preis für ihren guten Widerstand. Nach dem Krieg wusste das Volk diese Handreichung Stalins mitnichten zu schätzen. Aber damit war der Krieg noch nicht vorbei, es stand ein neuer Bruderkrieg bevor, weil unsere Freunde, die zweihunderttausend deutschen Soldaten in Lappland, auf Befehl der Russen vertrieben werden mussten. Mit Wasser in den Augen hörte ich Radio, und als Olavi Virta sang, »darum bin ich traurig«, da schluchzte ich. Das Telefon klingelte, und es war der Oberst. Ich konnte ihm anhören, dass etwas Unwiderrufliches geschehen war. Der Held der Schlacht von Raatteentie, General Siilasvuo, also Hjalmar der Blutige, war nach der Katastrophe von Kiestinki von der Schreibstube wieder aufs Schlachtfeld gelassen worden und hatte auf Befehl des Marschalls oder eigentlich Rudolf Waldens auf Röyttä bei Tornio einen Überraschungsangriff in den Rücken der Deutschen unternommen. Ich bin gestürzt worden, rief der Oberst in den Hörer, diese ganzen Gesinnungslumpen und räudigen Hunde trampeln über mich hinweg, hier wird hinter meinem Rücken agiert, bestimmt hängen sie mich an den Füßen an der nächsten Kiefer auf. Ich darauf: Das muss ein Missverständnis sein, du bist als Leiter der Verbindungsoffiziere doch der Chef. Sieht nicht danach aus, plärrte der Oberst, diesen Drecksäcken muss man Zucht und Ordnung beibringen, ich werde mit Generaloberst Rendulic reden.

Am nächsten Tag lud Generaloberst Lothar Rendulic den Oberst und mich zum Abendessen nach Nampa ein. Nampa liegt keine fünfzig Kilometer nördlich von Rovaniemi. Dorthin war einige Wochen zuvor der deutsche Stab verlegt worden.

Ein mit der Fahne des Kommandanten versehenes Auto, auf dessen Nummernschild die Siegrunen der SS prangten, kam uns von der Pöyliö-Stube abholen, wo uns Oberfeldwebel Alatalo hingefahren hatte. Am Ziel sah ich sofort, dass Lothar, der eigentlich die Selbstsicherheit eines Scharfschützen hatte, deprimiert war. Wir sollten auf dem Sofa Platz nehmen, und ein Militärdiener brachte uns trockene Martinis. Wir schwiegen. Ich fragte mich kurz, wie ich anfangen sollte, obwohl die finnische und die deutsche Redenorm eigentlich gleich waren, insofern nämlich, als beide – Finnen und Deutsche – Lob und Tadel immer ernst nahmen. Ich fragte also Rendulic direkt, was ihn bedrücke. Er war eine Weile sehr still, dann sagte er, seine Schwermut und seine Beklemmung rührten vom Ausmaß der finnischen Wälder und daher, dass er hinter dem endlosen Gestrüpp einfach nicht das Universum des Himmels sehen könne. Ich tröstete ihn damit, dass die Bäume aufhörten, wenn man nur weit genug nach oben steige. Dann fingen die Männer an, auf die Karte zu stieren und sich über den Angriff von Schlauchschwanzgeneral Siilasvuo zu wundern. Es standen mehrere Meinungen im Raum, zum Beispiel dass der Marschall krank sei oder dass die Deutschen ihn umgebracht oder dass die Russen anstelle des echten Marschalls einen falschen Marschall hingestellt hätten, der jetzt seine Truppen gegen den Waffenbruder führe. Es wurden deutsche und finnische Karten nebeneinander studiert. Auf beiden waren die Rückzugspläne der Deutschen eingetragen. Später sagte der Oberst zu mir, die Karten hätten vollkommen verschieden ausgesehen.

Irgendwann wandte sich Rendulic an den Oberst und fragte, ob er sich vorstellen könne, in den Dienst der SS zu treten. Der Militärdiener brachte eine Wehrmachtsuniform und einen Vertrag zum Unterschreiben herein. Nach längerem Schweigen fuhr Rendulic fort: Wir haben vor, ein finnisches Partisanenregiment zu gründen, das an der Seite der Deutschen gegen Russen und Finnen kämpft, und der Führer hofft, dass Sie der Kommandant dieses Regimentes werden. Derselbe Militärdiener öffnete eine Kiste auf dem Beistelltisch. Sie war voller glatter finnischer Geldscheine.

Wieder wurde es ziemlich still. Ich schluckte und wagte es nicht, dem Oberst ins Gesicht zu sehen.

Herr Generaloberst, fing der Oberst an, obschon ich Deutschland liebe, so habe ich in diesem Augenblick nur ein Vaterland, und das ist Finnland. Diese Tatsache erfordert keine weiteren Erklärungen.

Danach genossen wir einen guten Kaffee, schlürften Kognak, und dann brachte uns dasselbe Auto wieder weg. So habe ich es immer erzählt, obwohl die Wahrheit ein bisschen anders gewesen ist. Der Oberst hat nie gesagt, er habe nur ein Vaterland, und das sei Finnland, sondern er schrie aus vollem Hals: Ihr verdammten Nazischweine bietet mir in dieser Phase des Krieges Generalsstreifen an und somit den erweiterten Selbstmord, wo ihr längst aus dem Spiel seid und alles verloren habt. Als ihr euch des Sieges noch sicher wart, habt ihr mir nichts angeboten, keinen einzigen Klunker oder Knopf, ihr habt uns Finnen als Untermenschen beschimpft, als flachköpfige Mongolen, und schon die Fahrkarten in die Gaskammer gezückt, wenn ihr den Krieg gewinnt, wischt euch mit eurem Vertrag den Arsch ab und tut es gründlich, weil bald jeder von euch am Galgen hängt, ich werde mich nicht umbringen, weil ich immerhin mein eigenes Inneres liebe.

Und wir haben natürlich auch keinen Kaffee getrunken, vielmehr marschierte der Oberst mit ganz und gar grauem Herzen hinaus und stieß dabei träge den Stabschef Hölter aus dem Weg, der schon die Hand aufs Holster legte und die Waffe gezogen hätte, aber Rendulic bedeutete ihm, er solle es bleiben lassen. Dasselbe elegante Auto wartete vor dem Gutshaus auf uns und fuhr uns nach Rovaniemi. Unterwegs sahen wir eine deutsche Jägerkompanie, die nach Nordosten marschierte. Getrennt von der Kompanie, unmittelbar am Straßenrand, krochen fünf Männer auf allen vieren und blökten, als sie unser Auto sahen. Ich zum Oberst: Sieh dir die da an. Er darauf: Die machen Schafe nach, zum Zeichen dafür, dass sie sich für Opfertiere halten, die nach Norden zur Schlachtbank geführt werden.

Als wir aus Nampa nach Hause kamen, wussten wir, dass ein trostloser Krieg gegen die Deutschen bevorstand. Der Oberst wollte die Waffe nicht gegen sie erheben, und darum mussten wir untertauchen.

Wir packten die wichtigsten Sachen in zwei Koffer, sagten zu Hulda, pass gut auf das Haus auf, und Oberfeldwebel Alatalo fuhr uns in Richtung Süden und Exil.

Wir sahen den Abmarsch der Deutschen nicht mehr, aber Hulda sah ihn. Sie hat mir erzählt, wie eines Morgens die Kirchenglocken von Rovaniemi geläutet und die Pfeifen der Lokomotiven gejault hatten wie am Jüngsten Tag. Hulda war im Laufschritt zum Bahnhof geeilt. Dort hatten unsere Waffenbrüder ihre Siebensachen in Militärzüge gepackt. Sämtliche Gleise waren voller schwarzer, langer Güterwaggons gewesen. Die Papageien schrien, die Kaninchen waren gegessen, die Iltisse und Hamster verschwunden, die Esel geschlachtet, die Hunde kläfften, und ein paar Pferde traten am Ende des Bahnhofs auf der Stelle, als die Artillerie in die Waggons verfrachtet wurde. Das Beladen der Züge dauerte tagelang. Dann war zu guter Letzt der Tag gekommen, an dem auch die Feldküchen und Zelte abgebaut und verpackt wurden. Die Züge pfiffen das Abfahrtssignal, und die mit trockenen Ästen von Ebereschen geschmückten Waggons setzten sich in Bewegung und waren schon bald im Schutz des dichten Waldes verschwunden.

Danach waren die deutschen Infanterieabteilungen an der Reihe, ihren Weg gen Norden anzutreten. Sie hatten jede Halbinsel, jede Senke und jede kleine Insel in Brand gesetzt und Granaten in Pferdeställe, Kuhställe, Schafställe und Hühnerställe geworfen. Auch die Residenz des Grenzschutzkommandanten hatte auf der Liste gestanden. Hulda hatte es noch geschafft, die Bodenvase, die uns Laqua geschenkt hatte, und das von mir im Warschauer Ghetto gekaufte Sahnekännchen des jüdischen Professors vor den Flammen zu retten. In Inari haben sie dann später mein Kontor abgefackelt. Nicht weiter schlimm, allerdings brannten die neuen Alpenjäger aus Bayern, die Lappland und seine bedeutenden Persönlichkeiten nicht kannten, auch die vom Oberst so geliebte Fischerhütte von Luusuanniemi nieder. Das hat der Oberst den Deutschen nie verziehen.

Der Lapplandkrieg, die brennenden Dörfer und die Großgemeinde Rovaniemi blieben zurück, während wir, von Oberfeldwebel Alatalo chauffiert, auf das vom Herbst gefärbte Kemi zubrausten. Der Oberst drückte fest meine Hand und sagte: Sobald wir nach Kemi kommen, heiraten wir. Ich hab doch gar kein Brautkleid, entgegnete ich. Er: Du bist so schön, du brauchst kein Brautkleid. Bringen wir uns dann selbst um, wie es der Führer empfohlen hat, fragte ich. Das tun wir, antwortete der Oberst, ich kann nicht in einer Welt leben, in der keine nationalsozialistische Ordnung herrscht, ich erschieße erst dich und dann mich, weil ich dir nicht traue.

Ich war bereit zu sterben, wenn er das wollte. Was mich betraf, hatte das Ganze nichts mit der Niederlage Deutschlands zu tun. Der Doppelselbstmord bedeutete für mich damals den größtmöglichen Liebesbeweis. Ich dachte nur, wir haben den Krieg verloren, und jetzt gehen wir so vor, wie es der Oberst will. Viele waren an der Front gestorben, bevor sie achtzehn geworden waren. Ich ging schon auf die vierzig zu und war bereit zu gehen, wenn mein Geliebter es wollte. Ich hatte keinen eigenen Willen, in seelischer Hinsicht war ich vier. Ich war geistig nicht gewachsen. Auf der Höhe von Tornio änderte der Oberst seine Meinung und sagte: Schauen wir erst mal, wie es weitergeht, aber denk daran, dass ich keine Bälger hinterlassen will. Ich hörte mich selbst sagen, dass ich mir auch nichts daraus machte. Der Oberst sagte: Was Großtaten zu Kriegszeiten anbelangt, so sind dazu nur kinderlose Männer fähig, solche, die nicht in Zärtlichkeit geübt sind, und Geld, das man in seine Frau steckt, ist verschwendet, jemand mit Ritze muss geschlagen werden, damit sie gut wird und liebt. Ich erschrak, tröstete mich aber im selben Moment damit, dass die Worte des Obersts nur daher kamen, dass sich um uns herum die Wirklichkeit des verlorenen Krieges auftürmte und er deshalb die Liebe und die schönen Worte aus der Kriegszeit mit Füßen trat. Bald würden die grausamen Worte sich wieder in süße verwandeln, der Krieg sich im Hintergrund auflösen, und den Oberst und uns alle würden eine neue Lebenskraft und Aufbauenthusiasmus erfassen.

Alatalo fuhr uns durch die Stadt Kemi. Die Straßen waren voller Lastwagen, auf denen hinter Planen Rückkehrer von der Front kauerten. Es gab Soldaten auf Fahrrädern, auf

Pferdewagen und zu Fuß. Nervöse Frontkämpfer drückten sich an den Milchabholstellen herum, an den Eingängen der Lokale und vor den Genossenschaftsläden. Sie wussten nicht, ob sie vorwärts oder rückwärts gehen sollten. Züge ratterten hin und her, und ganz Finnland war am Kommen oder Gehen. Auf den Landstraßen kamen uns dünne, bärtige, stumme, verschlossene, apathische, müde, enttäuschte, irgendwohin starrende Soldaten entgegen. Kerle, die noch Kinder waren, die noch keine Erfahrungen gemacht hatten, wurden auf den Ladeflächen der Lastwagen nach Norden und in den Lapplandkrieg gekarrt. Dort wurden sie zu Kanonenfutter und verbluteten. Ich fing an, eine natürliche Abscheu gegen den Krieg zu empfinden, behielt das aber lange für mich. Kleine Jungen raufen und schlagen sich mit bloßen Fäusten auf dem Hof, Staatsmänner tun das Gleiche mit Kriegsmaschinen. In der Kriegszeit sind die Soldaten Helden, die Kriegsherren versprechen ihnen alles Mögliche für die Zeit danach, und wenn der Krieg dann eines Tages endet, bleibt ihnen doch nichts. Sie werden ihrem eigenen Glück oder Unglück überlassen.

Wir wurden von Feldpfarrer Schiller getraut, ein zu den SS-Truppen gehöriger alter Freund des Obersts aus den Schlachten des Ersten Weltkriegs. Der Oberst steckte in einem sauberen Waffenrock, und seine Stiefel glänzten. Ich hatte nur einen plissierten schwarzen Rock aus Wollstoff und eine schwarze Jerseybluse an, war wie im Trauerkleid, aber zur damaligen Zeit war Schwarz die festlichste Farbe. Ringe hatten wir keine, also wurden auch keine getauscht. Oberfeldwebel Alatalo war unser einziger Trauzeuge, Gäste gab es nicht. Nach der Trauzeremonie sagte Schiller,

Roosevelt und Stalin würden das ruinierte Europa unter sich aufteilen.

Wir setzten die Reise fort, und ich war auf kindische Art durcheinander, aber glücklich. Nach mehr als zehn Jahren des Techtelmechtels waren wir endlich Mann und Frau, und ich war Frau Oberst.

Es war der bis dahin schönste, hellste und glücklichste Tag meines Lebens.

Einmal fragte ich den Oberst, warum er mich quäle und

fast jeden Monat einmal versuche, mich glatt zu töten.

Darauf antwortete er: Wen man liebt, dem gibt man Hiebe.

Wir brachten den ganzen vom Mangel gezeichneten Körper der Finnmaid hinunter bis nach Tammisaari. Als Alatalo uns auf den Hof eines großen Gutshauses fuhr, erklärte der Oberst, dies sei nun unser gemeinsames Zuhause. Für mich sah es abrissreif aus. Alatalo trug die Koffer auf die halb morsche Veranda, sagte mit Händedruck Ade und machte sich auf den Rückweg nach Rovaniemi. Der Oberst öffnete die Tür, und vom Flur an war alles so fein wie im Märchen. Wir zogen uns sofort die Kleider aus, rannten von einem Zimmer ins nächste und suchten ein Bett. Ich glaubte wie ein Kind, dass Hoffnung und Wille die Welt regierten und wir bis zum Lebensende glücklich und einander treu leben könnten.

Das uralte Gut war zwischen dem Meer und einem Teich angelegt worden. Ein Industrieller hatte es dem Oberst zum Gebrauch überlassen, solange die politische Lage es erforderte. Der Teich hieß natürlich Lapinlampi, also Lapplandteich. Die Bruchbude hatte zehn elegant möblierte Zimmer: einen Saal mit Biedermeiermöbeln, echten französischen, elfenbeinfarbenen, dünnen Spitzengardinen und Wandlampen im Empirestil, einen Speisesaal, an dessen Decke ein schwerer, mehrfach verzweigter Kristalllüster hing, und eine riesige, herrliche Glasveranda, wo wir jeden Herbst das Krebsfest feierten. An der Südwand der Veranda war ein hübsches Spalier angebracht, an dem wohlriechendes Geißblatt und weiße Akazie hochkletterten, genau wie auf Ilses Gut an der Ostfront. Durch das Fenster im Speisesaal sah man die alten Ahornbäume im Garten, die Linden sowie die Obstbäume und weiter weg das herbstlich bleigrau wogende uferlose Meer. Die Zeit in Tammisaari machte aus mir einen Gutshof- und Gartenkulturmenschen. Eigentlich mag ich Haselnusshecken und Kastanien immer noch, ebenso wie das kräftige Schilf am Ufer, Rohrkolben und andere Feinheiten. Alles, was im Herbstwind raschelt.

Die ersten beiden Wochen nach dem Amen des Pfarrers waren vollkommen. Wie im Rausch lief ich in Tammisaari von einem Raum zum anderen. Wenn die Entzugserscheinungen, die mit dem Ende des Krieges zu tun hatten, zu drängend wurden, steckte ich mir eine Hildebrand-Praline in den Mund. Alle Träume, die Hoffnung und der Glaube an das Leben feierten in mir den höchsten Sommer, und immer wenn ich an den Krieg zurückdachte, versuchte ich, mir die guten Stunden und Abenteuer vor Augen zu führen. Der Oberst bekam in Hanko eine Decktätigkeit bei der Armee. Er war frustriert und deprimiert und murrte, weil er Papierkram erledigen musste, trotzdem sah er mich bewundernd und stolz an. Jetzt gehörst du allein mir, und ich darf mit dir machen, was ich will, sagte er immer wieder, meine kleine Dichterin, flüsterte er, deine Möse ist so weich wie eine gare Kartoffel, und dann hielt er mich ganze Abende lang zärtlich im Arm. Wir richteten uns eine gemeinsame Zufluchtsstätte ein. Ich war der gute Geist des Hauses. Ich blätterte in Zeitschriften, spazierte durch die Eichenwälder und sorgte dafür, dass ich schön und begehrenswert blieb.

Eines Abends kam der Oberst wie gewöhnlich aus Hanko nach Hause, und wir gingen uns direkt tummeln, so wie wir es immer taten. Mir fiel dabei nichts Besonderes auf. Er sah mich zärtlich an und flüsterte mir schöne Sachen ins Ohr. Dann roch ich das Parfüm einer fremden Frau an seinen Brusthaaren. Ich schnupperte genau hin, und im selben Moment wurde sein Blick kalt. Er sprang auf, sah wütend auf mich herab und schnauzte mich an: Was für ein Nuttenmieder hast du da an. Ich sagte, es sei jenes, was er mir aus Berlin mitgebracht habe. Er brüllte: Halt die Brotfotze, riss mir das Mieder runter, schrie, seine Frau laufe nicht in den Spitzen einer Schlampe herum, und schlug mir mit der flachen Hand direkt ins Gesicht, dass mir das Blut aus Nase und Lippen und auf die weiße Bettwäsche spritzte.

Auf den ersten Schlag folgte der zweite. Ich sah, wie der Hass in ihm überschäumte. Er war wie ein getriebenes Tier und blickte sich mit einer solchen Wahnsinnswut um, dass ich mich nicht traute, ihm ins Gesicht zu sehen. Er schrie mir ins Ohr, ihn werde kein Weib fesseln und führen und überwachen wie ein Waldbär seine Jungen, schnappte sich die Fetzen des Mieders vom Fußboden und stopfte sie mir in den Mund. In seinen Augen funkelte ein Hass, der klar war wie Eis, und süßer, klebriger Genuss. Sein fest zusammengepresster Mund, die Bewegungen der Hand, ihre Form, die Schweißtropfen auf der Stirn und den Schläfen, das heftige Pochen der Schlagader, das Schreien, Hecheln, Schnaufen und Ächzen, der Moment, in dem er die berühmte englische

Peitsche, über die man mir so viel erzählt hatte, von der Wand im Saal nahm und anfing, mich damit zu traktieren. Ich hörte die groben Einflüsterungen der Streiche, die klatschenden Schläge und nahm das Licht wahr, das schräg durchs Fenster der Bettkammer fiel, und die Schatten der Eichen auf der Tapete mit den roten Rosen. Ich wurde nach oben geschleudert, in den grauen Bereich von Seele und Körper, und schaute von der Decke aus zu, wie er mich auspeitschte, vergewaltigte, auf mich pisste und mich zum Schluss in den Kleiderschrank sperrte. Ich erinnere mich noch an jede Einzelheit und Bewegung, an jeden Laut und alle Gerüche. Ich befand mich im seelischen Schockzustand. Ich kühlte aus und starb. In den frühen Morgenstunden machte er die Schranktür auf, und ich rollte wie ein Wollknäuel auf den Fußboden. Ich hatte kein Gefühl mehr in Füßen und Händen, sie waren wie abgeschnitten. Ich kauerte mich ganz klein zusammen, so wie ein Fötus im Schoß der Mutter. Die geblendeten Augen hielt ich geschlossen. Das ging automatisch. Der Körper nimmt die Haltung an, von der er denkt, sie schützt ihn vor allem Übel. Tot vor Angst und Entsetzen lag ich da, und er trug mich zärtlich zum Bett und sagte gespielt jovial: Jetzt wird geschlafen. Wenig später schnarchte er neben mir. Ich war ein geschändeter Torso. Ich schämte mich so sehr für mich und meine Lage, dass ich mir die Finger blutig biss. Ich schämte mich dafür, dass der Oberst mich mit einer anderen Frau betrogen hatte. Ich schämte mich, weil ich verstand, in welcher Falle ich steckte. Ich schämte mich für meine Gutgläubigkeit und dafür, wie kindisch ich gewesen war. Ich schämte mich für meine Dummheit, dafür, dass ich nicht hatte glauben wollen, was mir gesagt worden war. Tagelang befand ich mich in einer körperlichen und seelischen Blockade, wie in Beton gegossen, ich empfand nichts, aß nichts und schlief nicht. Beide Augen waren zugeschwollen, die Lippen aufgerissen und klebten zusammen. Der Oberst erschrak und versuchte, mich zu beruhigen, aber ich befand mich jenseits aller Beschwichtigungen. Dann zwang er mich, ein Glas Milch zu trinken, unter die er beruhigende Medikamente gemischt hatte, und ich versank in einen langen, tiefen Schlaf.

Der Oberst saß am Bett, als ich einige Tage später aufwachte. Er betrachtete mich mit zur Seite geneigtem Kopf und sagte: Verzeih mir, mein Schatz, ich bin des Verderbens, in meinem Inneren schlängelt sich eine unruhige, giftige Schlange, anstelle eines Gehirns habe ich einen Ameisenhaufen im Kopf, und ich bin völlig am Ende, unsere Ideale sind niedergetrampelt worden, alles Schöne ist vernichtet, Amerika und Russland teilen die Welt in zwei Hälften auf, man wird uns bespucken und zwingen, dem Russen den Arsch abzulecken, das finnische Volk ist eine so unbedeutende, dumme und widerliche Scheißbande, das Gute, das sich im Menschen verbirgt, hat es doch nie gegeben, die gesamte Menschheit ist wie eine Herde Filzläuse in einer großen Fotze, würde ich an Gott glauben, würde ich darum beten, dass er diese Erde zerstöre. Dann weinte er lange und inbrünstig. Ich stimmte mit ein. Er versprach mir, mich nie mehr zu schlagen, und trug mich in die Sauna, die er für mich eingeheizt hatte. Er zog mir die blutverschmierten Kleider aus und legte mich auf die Pritsche. Dort kam das Gefühl wieder, zuerst in den Händen und dann in den Füßen. Mit dem Vergrößerungsglas untersuchte er meinen

Körper und lobte mich als gelenkige kleine Dichterin. Er gab mir Ratschläge, genau wie mein Vater meine Mutter unterwiesen hatte – von wegen du darfst nur an die schönen Dinge denken, die veredeln den Menschen und machen eine Frau noch begehrenswerter, anziehender und reizender. Und du sollst nur an Glaubensdinge denken, weil sich in dir dann die Liebe zum Leiden, zur Unterwerfung, zur Demut und zur Selbstvergessenheit entwickelt.

Im Lauf der folgenden schönen Tage wurde ich allmählich weich. Die vertraute, feste Stimme des Obersts, die mir so lieb geworden war, machte mich schwach. Glaube und Hoffnung mussten zurückkehren, weil ich ohne sie gestorben wäre. Und bald versanken wir im Meer der Vergebung, in dem ich Tausende und Hunderte Male alle schwierigen Taten und schlimmen Handlungen versenkte. Sie gingen unter wie ein sündiger, schmutziger Sack voller Steine. Ich rief mir die Worte von Onkel Matti in Erinnerung, man dürfe dem Bösen nicht mit Bösem begegnen, das Böse zerstöre sich selbst, aber der Orgasmus kam nie mehr zurück.

Von den ersten Schlägen an war das Muster unseres Lebens fortan dasselbe. Erst hatten wir eine Zeit lang einen guten Alltag, dann wurde dem Oberst langweilig, und er bekam keine Luft mehr. Er war bedrückt, das Gift der Unzufriedenheit und Begierden, die er selbst nicht verstand, verhexten ihn. Er war wie ein Malariakranker, schwitzte die Laken nass, wälzte sich hin und her, strampelte, konnte nicht schlafen, zappelte sich eine Weile ab und ging dann fort. Fickte mal diese, mal jene und kam betrunken nach Hause. Weckte mich, tadelte mich, beschimpfte mich, verhöhnte mich und zettelte Streit an. Wenn nötig, stritt er allein und brachte sich vorsätzlich in Rage, indem er mit der Faust gegen die Wand hämmerte. Dann riss er mich aus dem Bett und ließ seine Wut an mir aus. Er brauchte die Tobsuchtsanfälle, um seine Gereiztheit loszuwerden. Mich als die Schwächere zu unterwerfen bereitete ihm gute Laune, beruhigte ihn. Er steigerte sich in eine solche Hybris hinein, dass sein Schwanz fast platzte, und dann fiel er über mich her. Ich wagte es nicht, mich zu verteidigen, weil ich mir dachte, er wird sich am Ende schon wieder beruhigen. Ich dachte, so ist es besser, aber es wurde immer schlechter. Er hasste meine Unterwürfigkeit, genau jene Eigenschaften, in die er sich in unserer Verlobungszeit verliebt hatte. Das verstand ich damals nicht, obwohl er mir deutlich zu verstehen gab, das Böse kämpfe, das Gute gebe nach und ziehe sich zurück. Wenn ich voller Schrammen und blauer Flecken war, versteckte er mich vor den Augen der anderen. Kam jemand zu Besuch und fragte nach mir, log er, ich sei in den Beeren, in den Pilzen oder Ski laufen, obwohl ich in der Kammer eingesperrt war. Wenn ich abwusch, bekam ich etwas zu hören. Die Gläser seien zu schmutzig. Ich spülte sie noch einmal. Jetzt sei der Glanz schlecht. Ich polierte jedes Glas eine halbe Stunde lang mit dem Geschirrtuch. Dann war es recht. Ich kochte Kartoffelbrei und Rentiergeschnetzeltes. Das Geschnetzelte sei trocken und schmecke nach nichts. Ich gab es den Hunden und machte ein neues. Auch das ging an die Hunde. Wir aßen bloß Kartoffelbrei, und zum Dank furzte er. Ich machte das Bett. Die Tagesdecke sei nicht akkurat. Ich strich sie glatt. Es war noch immer nicht gut, weil die Polster seiner Meinung nach schlecht unter der Tagesdecke lagen. Ich machte das ganze Bett noch einmal neu. Nein, sagte er, du kannst das nicht richtig. Ich wusch die Wäsche. Hatte sie falsch auf die Leine gehängt. Ich hängte sie so, wie er es mir befahl. Er riss die Wäsche von der Leine und schmiss sie durch die Gegend. Ich putzte den Fußboden im Saal. Hatte es zu feucht gemacht. Ich holte einen trockenen Lappen und wischte noch einmal durch. Er überprüfte es und sagte Nein.

Er ließ mich schwören, den Mund über alles zu halten, was innerhalb der Wände unseres Gutshauses geschah. Niemand darf wissen, was zwischen uns passiert, sagte er. Achte meinen Stolz, wiederholte er immer wieder. Damals begriff ich nicht, was er damit meinte. Mittlerweile denke ich, der Stolz des Obersts war das Gleiche wie sein schlechtes Gewissen. Er war so zersplittert, dass er keinem Menschen oder Tier auf selber Höhe begegnen konnte. Das war sein Schicksal. Die Liebe ist ein göttliches Geheimnis, sagte er, sie muss vor fremden Augen versteckt werden, und wenn du diesen Eid brichst, töte ich dich mit den eigenen Händen, denk immer daran. Ich war so untertänig, dass ich mich nicht einmal traute, Rebekka etwas zu sagen. Ich hielt den Mund, weil ich mich so für den Oberst schämte. Er hätte mich gar nicht zu schlagen brauchen. Schließlich hatte er mich im Griff, seit er zum ersten Mal in die Schule von Hirttojärvi gekommen war. Seit ich ein vierjähriges Mädchen gewesen war, hatte er mich beherrscht.

Wenn der Oberst nach Hanko fuhr, konnte ich kurz frei atmen, doch wenn er länger fortblieb, war ich schrecklich kribbelig und vermisste ihn. Wenn er wiederkam, zitterte ich, scheute vor ihm zurück und hatte Angst. Er brauste auf, schnaubte und warf mit Gegenständen, drehte das Radio auf, polterte und schepperte mit Sachen, kämpfte eine Zeit lang wie ein Vogelfreier, ging und schlug die Tür hinter sich zu. Wenn er dann zurückkam, ob betrunken oder nicht, erzählte er in allen Einzelheiten, wie er mich betrogen hatte und mit wem und was die und die für eine hübsche Fotze habe. Manchmal zwang er mich mit dem Messer in der Hand, mich auf seinen Schoß zu setzen, und dann zerrte er mich durch all die schrecklichen Erlebnisse und Machenschaften, mit denen er sich draußen in der Welt dreckig gemacht hatte. Er zwang mich, mir immer wieder anzuhören, wie er ein siebzehnjähriges karelisches Mädchen vergewaltigt und dann eigenhändig erwürgt hatte, wie gut sich das damals angefühlt hatte und wie schrecklich es sich jetzt anfühlte, wie ihn die Blutsünden quälten, mit denen er sich beschmutzt hatte.

Ich weiß von mir selbst, dass es reinigt, wenn die ganze Wut aus einem hinausschießt. Wenn das schlechte Gefühl nicht hinauskann, gerät der Mensch in einen Vergiftungszustand, und daran kann man sterben. Fluchen beruhigt, ebenso Türenschlagen, Werfen mit Gegenständen und Zertrümmern von Möbelstücken. Den Oberst quälte und entkräftete die Raserei, weil seine Nerven zerfetzt waren. Ihn erboste seine eigene Schwäche, die Tatsache, dass er Reißaus genommen und seine Truppen in Lappland den Deutschen ausgeliefert hatte, andererseits hatte er Angst vor dem eigenen Schicksal: ob man ihn als Kriegsschuldigen und Nazi verurteilen würde oder ob er mit weißer Weste normal weiterleben dürfte.

Ich tröstete mich damit, dass alles besser würde, wenn wir

nur über die Kriegserinnerungen hinwegkämen und akzeptierten, dass Kriege nun einmal gewonnen und verloren werden. Ich tröstete mich damit, dass der Oberst einfach enttäuscht von der Demokratie und verbittert über die Armee war. Dass er mich deshalb schlug und dass es mit der Zeit vorbeigehen würde. Ich dachte, an irgendjemandem muss er seine Wut ja auslassen, sonst kriegt er einen Herzinfarkt und stirbt. Das wollte ich nicht. Ich dachte mir, ich werde es schon aushalten. Dass die Liebe des Obersts allmählich gereinigt würde und dann größer wäre als je zuvor. Dass die Achtung, auf der alles zwischen zwei Menschen beruht, sich wieder einfände. Dass man auch die schwierigsten Stunden im Leben als glücklich empfände, wenn man nur Mut hätte und Einmütigkeit und dieselbe Richtung. Vor Verzweiflung dachte ich: Wenn ich Mutter werde, dann gibt mir die Mutterschaft Kraft, Glaube und die Fähigkeit, das Leben zu bewahren, und der Oberst bessert sich, wenn er Vater wird, und wenn ich Mutter werde, wird mein Sohn ein Mann des Friedens sein.

Manchmal, nachdem er mich geschlagen hatte, weinten wir zusammen wie die kleinen Kinder. Wir weinten über die schreckliche Falle, in der wir beide saßen, und beteten, dass sich das Leiden so lebendig herb fortsetze. Auf seltsam kranke Art liebte er mich, und darum wollte oder konnte ich nicht weggehen. Wenn der Mensch Liebe hat, und wenn sie noch so krank ist, hat er alles.

Aber auch ich alterte, und das blutige Spiel wurde zu schwer für mich. Irgendwann war Schluss, auch wenn es bis dahin lange gedauert hatte. Zwanzig Jahre.

In Tammisaari machte sich überall Untergangsstimmung breit. Es war immer kalt und dunkel, selbst wenn die Sonne frei vom Himmel schien. Die Dunkelheit kam aus meinem Inneren. In besseren Zeiten versuchte ich, im Gefolge anderer Frauen die gleiche Kasernengemeinschaft aufzubauen, die ich in den Kreisen des Grenzschutzes hatte erleben dürfen. Manchmal hielt ich Handarbeitskreise ab, bei denen wir uns Bilder von den Siedlungen in Lappland ansahen, die die Deutschen niedergebrannt hatten. Meistens zogen wir bei den Handarbeitsgesellschaften Lose, mit einem Marmorkuchen als Hauptgewinn, und stopften Hefegebäck und Hahnenkämme in uns hinein. Die Frauen organisierten Gemeinschaftsarbeiten, Saunaabende, Feste, bei denen die Männer den obersten Knopf der Uniform offen ließen und angeheitert mit ihren Frauen zu Foxtrottplatten aus Deutschland tanzten. Ich ging hin, sofern ich gerade keine blauen Flecken im Gesicht hatte.

Von den Gemeinschaftsarbeiten und Festen kamen wir anfangs immer einträchtig zusammen nach Hause. Später wollte der Oberst, dass ich vorausginge, und er blieb, um noch zu saufen und Pfeife zu rauchen. Im Klartext hieß das, dass er blieb, um eine Frau zu ficken.

Auch Weihnachten war in Tammisaari eher schwarz, und die Erde atmete kalten Reif. Die weichen Hagelkörner, die vom Himmel fielen, blieben ein, zwei Stunden lang liegen, um die Dunkelheit zu erleuchten. Das weckte eine tiefe, schwere Lapplandsehnsucht. Wir errichteten im Hof ein großes Feuer aus alten Ästen und genossen den Weihnachtsfrieden im Schein der Flammen. Auch nach dem Krieg mangelte es den normalen Menschen noch immer an allem außer an Papier, vor allem an Kaffee und Gummiband, aber wir hatten alles, was ein Mensch brauchte, zum Beispiel Schweizer Schokolade, englische Marmelade und schwedischen Zucker. Ich brauchte keine Genehmigungen oder Coupons, wenn ich neuen Stoff oder Nylonstrümpfe kaufen ging.

Im letzten Herbst in Tammisaari erwartete ich einen Jungen. Ich war schon dreiundvierzig und noch nie trächtig gewesen, aber jetzt wurde ich es, mitten in der Hölle unseres Zusammenlebens. Ich war fürchterlich hin- und hergerissen, einerseits glücklich über das kommende Menschenkälbchen, andererseits entsetzt angesichts der Vorstellung, dass der Oberst nicht nur mich, sondern auch das Kind schlagen könnte. Zwei Monate lang überlegte ich, wie ich es ihm beibringen sollte. Dann eines Morgens, nachdem ich ihm die Fotze bis zu den Ohren aufgemacht hatte, eröffnete ich ihm, ich bekäme ein Kind. Er sah mich an wie ein Stück Fleisch voller Maden und sagte: Du kannst doch gar nicht trächtig werden, du altes, geltes Weib. Ich sagte, ich sei schon beim Arzt gewesen, und es sei ungelogen wahr. Er sagte: Du lässt das sofort wegmachen, ich will auf dieser beschissenen Welt keinen Balg haben, der in die Hosen scheißt. Ich: Das kann nicht dein Ernst sein, dieses Glück kannst du mir nicht verbieten. Doch, das kann ich, gab er zurück und sagte, er mache gleich einen Termin bei einem Arzt, den er kenne, der erledige dann die Fötustötung. Ich weinte, er rief den Kurpfuscher an. Es gab keine Gnade. Ich ging zu dem Arzt und sagte zu ihm, ich wolle keine Abreibung. Und der Oberst?, fragte der Arzt und fuhr fort: Frau Oberst, Ihre Meinung besitzt keinerlei Wert.

Es wurde ein Termin für die folgende Woche festgesetzt. Ich lief direkt zum Telegrafen, bestellte heimlich ein Gespräch mit Rebekka, erzählte ihr alles, und wir weinten beide. Rebekka sagte, ich solle die Schwangerschaft über zu ihr nach Helsinki kommen, sie werde sich darum kümmern, dass alles gut gehe und der Fötus wachsen und in Ruhe auf die Welt kommen könne. Mit diesem geheimen Gedanken ging ich nach Hause. Der Oberst war lieb zu mir und versuchte, mich von vorn bis hinten zu entschädigen. Er erklärte, er könne kein eigenes Kind akzeptieren, weil er ein schrecklicher Vater wäre. Ich darauf: Du änderst dich und wirst gut, wenn du deinen eigenen kleinen Jungen siehst, du verliebst dich sofort in ihn. Der Oberst schaute mich an und sagte, es gehe nicht darum, ob er sich verändere oder nicht, sondern darum, dass die Väter immer ihre Söhne töteten. Dazu ich: Und Thea und Rudolf? Die sind doch auch wie deine eigenen Kinder, und du bist gut zu ihnen. Du begreifst nichts, seufzte der Oberst, Kinder sind der Spiegel des Todes. Dann nahm er zärtlich meine Hand und sagte: Mach dir nicht so viele Gedanken, kleine Dichterin, sondern vertrau mir, so wie du es immer getan hast. Er hatte recht. Gegenüber seinem eigenen Kind wäre er ein noch schrecklicherer Mensch gewesen, als er es gegenüber Rudolf gewesen war. Der Oberst hatte den Armen wirklich sehr grausam behandelt. Nach seinem Kriegsausflug nach Deutschland war Rudolf kein einziges Mal mehr zu uns gekommen, trotz der Einladungen des Obersts, allerdings lief ich ihm mal über den Weg. Das war zwei Jahre nachdem Kekkonen zum Präsidenten gewählt worden war. Rudolf kam mir auf der Rovakatu entgegen, gab mir freundlich die Hand, und wir fingen an zu schwatzen. Er erzählte, er sei wegen eines Kongresses in Rovaniemi, und zwar im Auftrag der Universität Helsinki, weil er gerade zum Dozenten ernannt worden sei. Lange sprach er darüber, wie er um den Oberst trauere und dass der in tiefe Bitterkeit und Boshaftigkeit versunken sei. Thea hingegen schien die Bitterkeit des Obersts nicht zu stören. Sie schneite oft von Schweden aus, wo sie als Ärztin tätig war, in der Villa Oberst herein und schwebte dann wie ein Schmetterling von Zimmer zu Zimmer. Wenn Thea kam, verwandelte sich der Oberst in einen anderen Menschen, in so einen, wie er in der Zeit unserer Verlobung gewesen war. Mit der Tochter seiner Schwester schwatzte er immer Schwedisch, angeblich damit ich nicht verstand, was sie redeten, er lachte, summte deutsche Märsche und tanzte manchmal sogar ein bisschen. Thea betrachtete ihn wie einen Wohltäter und klimperte mit den Wimpern. Ihre Augen und Lippen waren die des Obersts. Ich saß dann allein in der Küche und weinte.

Zwei Tage vor der Abtreibung und einen Tag bevor ich nach Helsinki fliehen sollte, fand das Stefanitagsfest von General Talvela statt. Hand in Hand und in Liebe gingen wir hin. Bis spät in den Abend blieben wir dort, und ich sah mit an, wie der Oberst die Tochter vom Cousin des Generals jagte, die kaum zwanzig war, und sie schließlich hinterm Vorhang begrapschte. Danach schaute er mich an wie ein Held der Ausschweifung, der einen zornigen Kampf gegen die Impotenz führt. Ich bedankte mich beim General und trollte mich geknickt und gekränkt nach Hause. Der Oberst folgte mir und holte mich in der Diele unseres Hauses ein. Dort riss er mir den Mantel herunter, warf mich zu Boden und schlug mir mit der Faust ins Gesicht. Was dann kam, dauerte nur zwei Minuten, aber es kam mir länger vor als mein gesamtes bisheriges Leben. Er würgte mich so fest, dass ich das Bewusstsein verlor. Mein letzter Gedanke war: Jetzt kommt der Tod. Der Oberst trat mich, bis ich eine Frühgeburt hatte. Als ich dann inmitten der furchtbaren Blutlache lag, mit zerfetzten Kleidern und ohne Bewusstsein, rief er ein Taxi, das mich ins Krankenhaus brachte. Dort wachte ich am nächsten Morgen auf und kannte mich selbst nicht mehr. Ich hatte den Oberst glücklich machen wollen, war aber vollkommen gescheitert.

Drei Monate lang lag ich im Lazarett, wegen des Blutverlusts und einer Lungenentzündung und weil ich so tief gefallen war, dass ich nicht mehr aus dem Bett aufstehen konnte. Rebekka, die mich besuchte, sagte im Nachhinein, ich hätte auf nichts reagiert. Ich hätte die Muskeln steinhart gespannt, hätte gekeucht, und meine Hände hätten gezittert wie bei einer alten Frau. Ist ja klar, ich war nicht nur körperlich malträtiert worden, sondern stand auch unter dem Einfluss einer seelischen Reaktion. In dieser Zeit verließ der Oberst Tammisaari und kaufte sich in Rovaniemi am Flussufer des Ounasjoki ein großes Blockhaus, das er Villa Oberst nannte. Als Haushälterin nahm er sich natürlich Hulda Häkki. Als mein Körper wieder halbwegs in Ordnung war, wollte mich der alte Arzt direkt zum Oberst schicken. Er gab mir lediglich den Ratschlag mit, meinen Kopf vor Tritten zu schützen.

Oberfeldwebel Alatalo kam mich holen, und ich sagte zu ihm: Fahr mich nach Oulu in die Nervenklinik. Alatalo fragte, ob ich das ernst meinte. Ich sagte Ja. Also glaubte er mir und brachte mich nach Oulu. Dort nahmen sie mich nicht auf, obwohl ich ihnen erzählte, der Weihnachtsbaum habe sich in ein Kreuz verwandelt.

Auf der ganzen Fahrt von Oulu nach Rovaniemi weinte ich. Überall sah man Spuren des Krieges, auch wenn schon viel Neues anstelle des Niedergebrannten gebaut worden war. Vor seinem Gutshaus hieß mich der Oberst zärtlich willkommen. Er umarmte mich und küsste mir die Tränen weg. Da beruhigte ich mich und wurde allmählich wieder zahm. So ist der Mensch. Die Gewohnheit zieht ihn dahin, und alles Neue macht ihm schreckliche Angst. Ich wusste ja, was mir mit dem Oberst bevorstand, aber ich wusste nicht, was ohne ihn auf mich zugekommen wäre.

Nachdem ich nach dem Krankenhausaufenthalt nach Rovaniemi zurückkehrt war, wurde der Oberst wieder der Mittelpunkt von allem. Um ihn herum schwirrte dieselbe Crème von zwanzig Personen wie vor dem Krieg und während des Krieges. Alle benahmen sich, als hätte es gar keinen Krieg und keine Deutschen gegeben. Diese Gesellschaft nahm mich richtig sauertöpfisch auf, einschließlich Hulda Häkki. Die war früher ja Katris Vertraute gewesen und betrachtete mich ihr Leben lang als kleines Flittchen und beschimpfte mich als Irre und auch als Hure. Der Oberst wiederum war in den Augen der städtischen Honoratioren ein Kriegsheld. Die Nazisünden gerieten in Vergessenheit, wir waren jetzt eins mit den Amerikanern, von denen es in Lappland wimmelte. Unser Präsident war damals ja Justizminister und beschloss, den Marschall nicht anzuklagen, weil der schuldunfähig sei. Der arme General Airo und die anderen Schlachtenführer bekamen sämtliche Anschuldigungen ab. Natürlich quengelten die Roten, warum der Marschall eine Sonderbehandlung bekomme, aber man sagte ihnen, der Mann sei in der Birne wie im Leib so krank, dass man es nicht wage, ihn den Menschen vorzuführen, der Anblick könne die Sicherheit von ganz Finnland gefährden. Der rührende Edwin Linkomies wurde auf der Stelle zum Rektor der Universität gewählt, womit ihm alle seine nationalsozialistischen Sünden vergeben waren. Alles Vergangene wurde wohlweislich in Watte gepackt, sogar Hillilä gab man sämtliche Orden und Posten zurück.

Ich dachte mir, wenn wir uns schon nicht umgebracht haben, müssen wir uns jetzt den neuen Bräuchen im Land anpassen. Ich schrieb an Rebekka, und sie war der gleichen Meinung. Ich dachte mir auch, dass der Mensch eine Ratte ist, die sich immer anpasst. Bei einer Veranstaltung im Festsaal des Lyzeums stellte ich fest, dass die Russen gut im Singen und Tanzen waren, besser als die Deutschen. Das Jahr wechselte, und ich trat nach dem Vorbild von Paasikivi und Rebekka der Finnisch-Sowjetischen Gesellschaft bei. Der Oberst sagte: Meine kleine Dichterin will sich ihren Platz im Kulturleben von Russki-Finnland sichern. Ich darauf: Das Leben geht weiter. Allmählich gelang es mir, den Kopf in eine neue Richtung zu drehen. Ich dachte nun: Deutschland hat sich vom Nazismus befreit, die Deutschen sind selbst am Krieg schuld gewesen, und mit ihrer geliebten Gewalt haben sie auch selbst dafür gesorgt, dass ihre Städte jetzt Ruinen sind. Ich empfand kein Mitleid mit ihnen. Inzwischen glaube ich, dass es nach Hitlers Selbstmord mit den Nazis nicht vorbei war, sondern dass immer neue Nazis und

Faschisten aufkämen, wenn man ihnen die Möglichkeit dazu gäbe, weil der Mensch eben so ist. Alles wird wiederholt, nur dass man beim nächsten Mal auf ein anderes Ergebnis hofft. In jedem von uns wohnen Liebe und Barmherzigkeit Seite an Seite mit Herzlosigkeit und Gleichgültigkeit.

Die Jahre vergingen, und ich befand mich einigermaßen unter den Lebenden. Natürlich sahen alle, dass ich völlig am Boden war, aber es kümmerte sie nicht. Manchmal flüsterte mir der Oberst ins Ohr: Wir schaffen das zu zweit, wir brauchen keinen Arzt und keinen Schädelschrumpfer als drittes Rad am Wagen. Seit Hanko hatte er nicht mehr gearbeitet. Er hielt sich immer zu Hause auf, und das war nicht leicht für mich. Er hatte niemand anderen mehr, den er ärgern und quälen konnte, nur mich, eine ängstliche, geschändete Frau. Es rauschte in meinen Ohren, und in meinem Kopf regte sich kein einziger heiler Gedanke, nur Fetzen davon.

Es waren die Nachkriegsjahre, in denen es sogar in den Wäldern Lapplands von amerikanischen Agenten wimmelte. Ich ging mit dem Oberst auf den Markt, um Rauchfleisch zu kaufen, da tauchte neben uns Wallenius auf, der General der Einkesselung von Pelkosenniemi. Er warf einen Blick auf den Oberst und hatte eindeutig die Absicht, etwas zu sagen, wandte sich dann aber ab. Der Oberst nahm sein Fleischpaket, Wallenius das seine, und wir gingen irgendwie peinlich berührt weiter. Da waren zwei Kerle, die zusammen Böses getan und alle möglichen Dummheiten begangen hatten, die man am besten vergaß.

Es gab auch lichte Momente, wenn wir zusammen Ausflüge auf die Gipfel der Berge machten und auf die Gegenden hinabschauten, in deren Schößen tiefe Flüsse strömten, wenn wir in diesen Flusstälern fischten, umgeben von Hochwasserseen mit trübem Wasser, Sümpfen und hoch aufragenden Fjälls, oder wenn wir durch die Fjälllandschaft Lapplands wanderten, wo durchaus zwei Wochen am Stück Nebelsuppe herrschen konnte. Wir liebten beide den Urwald, und wir liebten die Tundra, weil deren Landschaft so schön war wie die Wüste: Wo man hinsah, bloß nackter Fels mit Falten, Stein und Kies. Wir schliefen manchmal wochenlang im Zelt oder im Unterstand, betrachteten das Sternbild Rentier, das vom Franzosen Le Monnier, der im Haus von Korteniemi gewohnt hatte, entdeckt und benannt worden war, als er auf dem Aavasaksa mit dem Fernrohr den Sternenhimmel studiert hatte, und wir planten, einen besseren Bau für einen Bären zu bauen und einen kranken Schwan so zu pflegen, dass seine Federn nicht von Blut besudelt würden. Wir konnten zusammen über die Einfachheit, Dummheit, Unverständigkeit, Hässlichkeit und Gutgläubigkeit des Menschen lachen. Und manchmal konnten wir sogar über uns selbst lachen, über unsere eigene Verdrehtheit, unsere Ausschweifungen und unseren Dummstolz. Wir ruderten über einen stillen See, angelten im Eisloch Barsche, zählten die Zacken der Schneekristalle, sammelten an einem Augustmorgen Tautropfen in einer Tasse, reisten durch unser Heimatland und durch die Welt. Ohne dieses Aufblitzen der reinen Liebe hätte ich mich umgebracht. Ich hatte keine Freundin, der ich offen hätte sagen können, in welcher brutalen Wirklichkeit ich lebte. Rebekka versuchte, mir von Helsinki aus zu helfen, aber das war schwer, weil der Oberst ständig in Hörweite war.

Das letzte Mal, dass mich der Oberst schlug, verlief so, dass ich am Morgen Kaffee gekocht und Butterbrote gemacht hatte. Ich stellte alles auf einem Tablett vor den Oberst hin, so wie ich es immer tat. Der Oberst zu mir: Zucker in die Tasse. Ich: Es ist kein Zucker da. Da schmiss er das Tablett samt Kaffeetasse an die Wand, packte mich an den Haaren und schleifte mich über den Fußboden. Ich weiß noch, wie sich Hulda von der Küchentür aus mein Leid so richtig mit Begeisterung anguckte. In ihren Augen der reine Genuss. Wahrscheinlich dachte sie sich, jetzt macht der Oberst dieser Kakerlake endlich den Garaus, und ich werde die Nummer eins in der Villa Oberst. Wurde sie aber nicht. Zwei Monate später erstickte sie in ihrem Bett an einem Stück Hefewecken. Damit starb ein Mensch, dem es gelungen war, sein ganzes Leben lang nie darüber nachzudenken, worin der Sinn dieses Lebens bestand. Eine neue Haushälterin nahm sich der Oberst nicht.

Während ich dort auf dem Fußboden lag, wurde meine Welt schwarz, und mir kam das Bewusstsein abhanden. Der Oberst erschrak und bestellte Alatalo, damit der meinen schlaffen Leib zum Arzt brachte, wie er es schon so oft getan hatte. Diesmal schaffte es der Doktor nicht, mich wieder munter zu machen. Er schickte mich weiter ins Krankenhaus, und dort war zufällig ein junger Arzt auf dem Posten und traute sich zu sehen, worum es ging. Er war als Vertretung aus dem Süden gekommen. Er fragte mich, ob mein Gatte das getan habe. Ich darauf: Ja, und nicht zum ersten Mal. Er: Wie lange geht das schon? Ich sagte: Seit Herbst vierundvierzig. Er machte meine Knochen heil, aber weil er die Maus nicht aus meinen Ohren bekam, schickte er mich in die Nervenklinik nach Oulu. Dort starrte ich die ersten zwei Wochen nur ausdruckslos an die Decke. In der dritten Woche wurde mit den Maßnahmen begonnen, die der Arzt der ehemaligen Beobachtungskompanie aus Lahti, der militärische Seelenforscher von Bagh, verordnet hatte. Man nahm viele verschiedene Anwendungen an mir vor: Insulinkuren, kalte Bäder, Cardiazolspritzen und Elektroschocks. Dadurch wurde ich insoweit munterer, als ich versuchte, mich mit einem elastischen Verband im Bad der Klinik aufzuhängen, wo es nach Schweiß, Pisse, Eiter und ranzigem Fett stank. Doch sie erwischten mich und legten mich wieder ins Bett. Ich wehrte mich nicht. Ich durfte dort Dinge sehen und erleben, von denen ich gar nicht erzählen möchte. Im Bett neben mir lag die Krankenschwester Hilkka Adenauer aus der Schule vom Vietonen, die kreidige Zähne und eine schiefe Nase hatte. Wir unterhielten uns. Sie wollte sich an ihre Mutter erinnern und ich mich an meinen Vater. Wie mein Vater mal an Mittsommer gesagt hatte: Gehen wir auf den Aavasaksa, die nachtlose Nacht angucken. Wie wir in den Bus stiegen und wie es schon Schnee fieselte und die Sonne dazu glitzerte, bevor wir ankamen. Damals führte bloß ein schmaler Pfad durch dichten Wald auf den Gipfel. Wir stapften den Hang hinauf, und ich wurde müde. Mein Vater nahm mich auf den Arm, die anderen Kinder mussten klettern, obwohl auch sie völlig alle waren. Zu beiden Seiten des Wegs lag ein riesiges Geröllfeld. Es ging weiter hinauf, und wieder kam dichter Wald. Dann waren wir auch schon am Ziel, und von oben hatten wir eine solche Aussicht auf den Tornio, dass es mir den Atem raubte. Wir sprangen auf dem Nordosthang herum, der aus furchtbar steilen Felsen bestand, warfen kleine Steine hinunter, und das machte Spaß. Mein Vater zeigte uns einen Adlerhorst und sagte: Benehmt euch, sonst kommt der Adler und holt sich euch. Erzähl weiter, bettelte Hilkka. Ich erzählte ihr von der verrückten Idee meines Vaters, Lappenklamotten anzuziehen, ein paar lappische Weiber und ein paar Kerls mit Rentieren dazuzuholen und loszuziehen, um uns in Berlin, Warschau und Petersburg in der Nähe der Zoos blicken zu lassen. Dort würden wir so was wie ein lappisches Sommerlager aufschlagen und vorführen, wie man in Lappland lebt. Er hatte im Sinn gehabt, Geld zu beschaffen. Also stiegen wir in Rovaniemi in den Zug, ich als Dreijährige mit dabei. Wir kamen nach Petersburg, und die Rentiere starben eins nach dem anderen an Feldfieber, noch bevor wir aus dem Bahnhof heraus waren. Nach zweitägiger Suche fanden wir den Zoo, und die Männer bauten das Lappenzelt auf. Da kam die örtliche Amtsgewalt und fragte nach unseren Propusken. Bei meinem Vater war alles in Ordnung, trotzdem wurden alle Männer eingesperrt. Wir Kinder und die Frauen blieben flennend zurück, und die Leute glotzten uns an. Manche warfen uns einen oder zwei Kopeken hin. Wir wären wahrscheinlich der Reihe nach gestorben, wenn nicht ein Finne gekommen wäre, der dafür sorgte, dass wir per Fiskaltransport zurück nach Rovaniemi kamen. Mein Vater und die Lappen kehrten einige Wochen später ausgezehrt und hungrig zurück. Einen holte irgendwann das Nervenfieber, das er vom Wind hatte, und einen zweiten tötete der vom Wasser übertragene Typhus, weil es in seiner heimischen Umgebung keine andere Arznei gab als schlecht gebrannten Branntwein, Teerwasser und heißes Rentierblut.

In der Nervenklinik kam einem die Welt wie ein ganz sonderbarer Ort vor. Das Nichts des Todes rief laut nach mir, aber ich war nicht bereit. Allmählich hatte ich das Gefühl, dass es sich dort gut lag. Man musste nichts weiter tun, als sich den Mengelemethoden zu unterwerfen und den Mund zu halten. Doch irgendwann kommt immer der Tag, an dem man dich zwingt, das Paradies zu verlassen, und dir Genesung verordnet.

Eines Morgens stand von Bagh an meinem Bett, fuhr sich mit der Zunge über die Zähne, sah mich mit seinen spöttischen Augen an und sagte: Du bist eine total von dir eingenommene, entsetzliche Übertreiberin, eine heuchlerische Kuh, du bist das degenerierte und moralisch korrupte Zerrbild eines Menschen, wenn die Nazis den Krieg gewonnen hätten, wärst du jetzt wahrscheinlich Bildungsministerin in der finnischen Regierung, aber weil daraus leider nichts geworden ist, musst du faules Stück, das bis jetzt auf Kosten des Staates gelebt hat, von diesem Tag an dein Leben in die eigenen Hände nehmen, und wenn du dich dagegen sperrst, schlage ich dich und zwinge dich anschließend zu harten körperlichen Übungen, bis du mich anflehst, dass ich dich wieder der Obhut des Obersts überlasse.

Ich zerfiel in Stücke, und dieser Zusammenbruch erschreckte mich selbst so sehr, dass von da an meine langsame und schwere Auferstehung begann.

Erst lernte ich atmen, durchlebte die hellen Tage, die heißen und trockenen und die schwarzen und nassen, ich aß gut und sammelte Kräfte, nachdem ich die in meinem Verfallszustand zuvor vollkommen verloren hatte. Als ich meinen Atem wieder aufgebaut hatte und es schaffte, den Teller leer zu kratzen und nicht mehr nur kleine Happen zu mir zu nehmen, kam Rebekka aus Helsinki, um mich zu besuchen, und sagte: Jetzt stellen wir die Katze auf den Tisch und fangen an, sie Haar für Haar zu untersuchen, denn du musst dich geistig und körperlich vom Oberst lösen. Ich darauf: Das muss ich, aber wie, das Leben klebt mich an ihn fest, und selbst wenn ich mich auf den Kopf stelle, komme ich nicht von ihm los. Da sagte Rebekka, sie werde mir Sachen erzählen, die mir helfen, wieder ins Wasser zu kommen, um es wie bei einem Fisch zu sagen, oder zu fliegen, wenn man von einer Fliege sprechen will. Sie erzählte mir, was der Oberst mit ihr in unserem Haus in Rovaniemi getan hatte, welche Schande sie getragen und wie sie sich daraus erhoben hatte. Was meine Ohren da hörten, entfachte in mir einen solchen Sturm, dass ich allmählich anfing zu genesen. Voller Hass plante ich abwechselnd überstürzte Rache und ruhige, entschlossene Heimzahlung: Entweder spaziere ich einfach so in die Villa und erschieße den Oberst in seinem Sessel, oder ich schieße ihm bloß in beide Arme, nehme den Lappendolch, schneide dem Oberst das Gemächt ab und stopfe es ihm in den Rachen, damit er daran erstickt. Von morgens bis abends bastelte ich mir alles Mögliche zusammen und wurde dadurch immer stärker. Natürlich verstand ich später, dass ich unter der Rache und dem Groll mehr gelitten hätte als der Oberst selbst, denn der wollte ja sterben, weil sein ganzes Leben ein einziges Vorspiel mit dem Sensenmann gewesen war.

Anfangs kam mir die Ablösung vom Oberst wie ein sehr ferner Traum vor, und natürlich machte mir die Vorstellung schreckliche Angst. Ich hatte das Gefühl, ich müsste vor

Trauer sterben, wenn ich den Oberst verließe. Dann bläute ich mir ein, erst morgen an ihn zu denken. Und so machte ich es. Ich verschob es immer auf morgen, und das war ein guter Entschluss. So hielt ich durch, immer eine Minute, eine Stunde, einen Tag auf einmal, und allmählich fing ich an zu glauben, dass ich allein leben könnte, und wenn nicht, würde ich mir eben ein paar Hunde und Katzen anschaffen. Einer der größten Gründe zur Trauer war, dass ich mit dem Oberst auch den Ehrentitel Frau Oberst verlieren würde. Als ich Rebekka das vorweinte, sagte sie: Es gibt keinen Paragrafen, der dir verbietet, diese Bezeichnung bis zu deinem Tod zu verwenden.

Mehr als zwei Jahre dauerte es, bis ich einen Stein nach dem anderen von jenem Schlitten geladen hatte, den ich hinter mir herzog. Nach jedem Brocken, den ich wegwarf, fühlte ich mich ein bisschen besser, weil ich im Grunde ja ein ganz gewöhnlicher, gesunder Mensch war. Wie als Überraschung für mich kam eines Tages von Bagh zu mir und drückte mir ein Blatt Papier in die Hand, auf dem stand: biliosus, melancolicus, colerius, complexio colerica. Und hinterher noch: ingenium bonumi. Ich wurde aus dem Krankenhaus entlassen und ging zu Rebekka nach Helsinki, um mich ans alltägliche Leben zu gewöhnen. Rebekka brachte mir von Neuem bei, wie man Brei kocht, wie man Nudelauflauf macht und wie der Stift in der Hand bleibt.

Von Helsinki aus bewarb ich mich um eine Lehrerstelle an der Schule in Kalmalompolo, und dort wurde ich genommen, weil ich die einzige Bewerberin war.

Mit Tuomas, der selbst noch ein Kind war, konnte ich

reinen Tisch machen und noch mal von vorn anfangen,

mich wieder neu aufbauen. Wir wuchsen zusammen,

und ich bekam auch meine Sexualität zurück.

Die Dorfschule von Kalmalompolo lag am Allwertesten des Hinterwalds, in einem Walddorf am Berg Kitusvaara. Man sagte mir, auf dem Wasserweg über den Hallajoki komme man dort in zwei Stunden hin, falls man ein Boot mit einem guten Ruderer habe, wenn man aber über Land zu Fuß gehe, seien es von der nächsten Landstraße mehr als zehn Kilometer auf einem Trampelpfad, und dort in der Wildnis würden mich die Ärmsten der Armen erwarten, vom Krieg ausgezehrte Frontkämpfer, die sich zur roten Farbe bekannt hatten, mit ihren hungrigen Kinderscharen.

Das machte mir keine Angst, denn ich hatte ja schon als kleines Mädchen eine Vorliebe für Moore und Einöden gehabt, und der Dorfname wärmte mir sogleich das Herz. Natürlich interessierte mich damals auch die relative Nähe des Großdorfs Ylitornio und der schwedischen Grenze, weil sich dort der Berg Aavasaksa befindet und die Siedlungsgeschichte der Gegend voller Farben ist. Ich dachte mir, da sind große Seen in der Nähe: der Miekojärvi, der Iso-Vietonen und der Raanujärvi mit seinem blubbernden Wasser. Dann die Kette der herrlichen, blau schimmernden Berge: Pirttivaara, Kaulavaara, Orankivaara, Lakkiroa, Turravaara, Rikulainen, Kuivalaki, Leukumuvaara, Jänisvaara und andere.

Eine Woche vor Schulbeginn stieg ich irgendwo an der Landstraße aus dem Bus und machte mich auf den Fußweg nach Kalmalompolo. Ich hatte nur eine Tasche mit ein paar Lumpen dabei. Hinter mir her lief Eva Braun, meine Kameradin, eine echte Persianerkatze. Die hatte ich einige Tage zuvor als Begrüßungsgeschenk von Ragnar Lassinantti, dem Gouverneur-Präsidenten der Provinz Norrbotten, bekommen. Wir hatten einen wunderbaren Abend im Stadthotel von Haaparanta verbracht, und als ich am nächsten Morgen aufgewacht war, schnurrte in meinem Zimmer eine Katze. Sie hatte ein rotes Band um den Hals, an dem ein Zettel hing, auf dem stand: In Liebe, Dein Freund auf ewig, Ragnar. Ich beschnüffelte und betrachtete die Katze eine Weile, um herauszufinden, an wen sie mich erinnerte. So bekam sie ihren Namen. Wir stapften über einen Landrücken an einem Aapamoor entlang, kamen an ein kahles Fjäll, bogen ab und erreichten über einen Durchgang das Dorf, und auf dem ganzen Weg hatte ich das Gefühl, eins mit der Landschaft zu sein.

Mich empfing ein gerade erst zusammengeschustertes und nach Schnittholz riechendes Kaff, um das herum sich unbezähmbares Sumpfland von Tausenden Hektar erstreckte. Dieses von Wasservögeln bewohnte, eiternde Brachland war ein teils nasses, teils mooriges, überwachsenes, stinkendes und eigentlich unwahrscheinlich schönes Sumpfmeer. Dort wuchsen Schilf, Heidekraut, Wollgras und natürlich Moltebeeren. Ich dachte: Dieser abgelegene offene Raum ist eine gute Zuflucht für Pflanzen, Tiere und mich. Ich verliebte mich in diese Landschaft, in ihre uralte, glitzernde Dunkelheit, in der das Licht geschwind in Schatten übergehen kann.

In der kleinen Lehrerwohnung hörte ich mit Eva Braun zusammen Wagner, weil die Melodien, die er geschaffen hatte, so frisch und tiefsinnig waren wie ein Abend im August.

Tuomas hat mir später erzählt, dass es die Dorfbewohner von Kalmalompolo den ganzen Sommer gegraut hatte, weil ausgerechnet eine Verteilerdose der großen SS-Bonzen als Lehrerin für ihre Schule ausgesucht worden war, eine Hure der Vornehmen. Das Feldbett des Obersts – jenes Obersts, der in Lappland als bedeutende Persönlichkeit bekannt war, als Mann, der Frauen mit dem Gewehrkolben schlug, im Suff die Peitsche schwang und zu allem Überfluss auch noch ein in Helsinki gebürtiger reicher, stolzer, finnlandschwedischer Schnösel war. Jemand hatte gewusst, dass die Nazischlampe auch ein paar Bücher hingeschmiert hatte. Tuomas hatten solche Aussagen erregt. Den ganzen Sommer lang hatte er darauf gebrannt zu erfahren, was für ein leichtes Mädchen da zu ihnen käme. Immer wieder hatte er sich an die Fenster der Schule geschlichen, aber nie etwas erspäht.

Als Tuomas mich dann zum ersten Mal sah, zog es ihm die Beine weg, und die Pisse rieselte ihm ins Hosenbein. Ich rief ihn zu mir, und er rannte so schnell auf mich zu, dass er über seine eigenen Füße stolperte. Er wollte wissen, wo der Oberst sei. Ich flüsterte ihm ins unschuldige Ohr, der sei weit weg in einer vergangenen Zeit, nicht mal ich könne mich noch an ihn erinnern. Tuomas war erst vierzehn, aber ausgewachsen und gut aussehend, richtig schön blond, nur seine Augen waren dunkel, fast schwarz, so wie meine, die Augen eines Bärenmarders. Wir spazierten in den Wald, ich vorneweg und Tuomas hinterher, und wir hatten beide das

Gleiche im Sinn. Wir gingen so weit, bis wir den schönsten Großsumpf gefunden hatten. Er hieß Raatosuo, Aas-Sumpf. Auf einem Floß, das dort trieb, zog ich mir die Kleider aus, Tuomas ließ bloß die Unterhose an. Dann legten wir uns nebeneinander auf den Rücken, und ich sah zu, wie die Wolken vorüberzogen. Tuomas hatte die Augen geschlossen. Ich legte ihm ganz leicht die Hand auf die Brust, da schlug er die Augen auf, und die hatten einen gelassenen, wenn auch gespannten Glanz. Ich führte die Hand weiter nach unten und schob drei Finger unter den Unterhosengummi. Sein Schwanz schnellte sofort in die Höhe. Ich sah ihm ins Gesicht. Er grinste, und ich dachte bei mir: Das ist es. In seinem Blick lag damals so eine Lichtfaser, dass man es bis in die Zehen spürte. Erst dachte ich, es könnte vielleicht verkehrt sein, sich mit so einem Kind einzulassen, dann aber, dass er ja wie ein Mann aussah, also bestieg ich ihn mit meinem ganzen Speck, und sobald Tuomas' Schwanz in mich hineingeflutscht war, kam ich. Ich hätte lachen wollen, tat aber so, als wäre nichts, und bald machten wir auch schon weiter. Ich musste ihm nichts zeigen, er tat alles mit natürlichem Instinkt. Er zitterte von innen heraus wie ein Windhauch aus dem Westen, als er mir eine Melodie ins Ohr wisperte, während er zustieß. Er machte es wie die Rentierböcke, wenn sie in ihrem Blut spüren, dass sich die Brunftzeit nähert, und sie über Landschaften hinweg die Renkuh riechen, so als hätte er sein Leben lang geschnackselt, dabei war es wohl sein erstes Mal. Da ging also Tuomas' Jungfräulichkeit dahin, und er nahm mich beim Plätschern des Sumpfwassers gleich ein zweites Mal ran, wie ein Bock, der schon alle Fotzen der Welt gesehen hat. Ich kam mehrmals hintereinander und glaubte, ich liefe aus und müsste sterben. Nur starb ich nicht. Unser erstes Ficken hatte die Leidenschaft der reinen, aufrichtigen Liebe und eine Aufladung, die aus der Steinzeit kam, und als wir dann matt, schlaff und glücklich unter dem irrsinnig schön flimmernden Blauhimmel lagen, sagte ich zu ihm: Wir taufen diesen Sumpf neu, sein Name soll Onnensuo sein, Sumpf des Glücks.

In der Nacht war ich allein in der Lehrerwohnung und sah aus dem Fenster. Der Mond schien in die Wipfel unserer alten Fichten, und die Schatten der Bäume wuchsen dem kommenden Winter entgegen. Wir haben ein Liebesversprechen ins sumpfige Wasser und ins Gedächtnis der Erde geschrieben, dachte ich, und jetzt fängt mein drittes Leben an. Noch einmal darf ich die unschuldige, warme Liebe erleben, die ich aus einer Zeit kannte, in der ich mit dem Oberst ging, und das vielleicht in einem Liebesverhältnis, in dem ich nicht ständig mit wundem Maul durch die Gegend laufe. Neben der Lust und dem Genuss liebte ich das Gefühl der Zusammengehörigkeit und der Abhängigkeit, die Liebe selbst.

Was die Spielchen mit Tuomas anbelangte, stieg mir schlicht und ergreifend der junge Schwanz zu Kopf. Mit Gewalt war mir der halbsteife Riemen eines alten Kerls hineingestopft worden, dessen siecher Gestank mich angeekelt hatte. Das Sperma eines jungen, gesunden Mannsbilds riecht hingegen nicht. Und dann der frische Duft des jungen Menschen! Da stieg ich in die Lüfte hinauf. Die ganze Schwere des Lebens wurde weniger, da war nichts als der Auftrieb im Schoß einzigartiger Nächte. Wir waren wie verrückte Bälger, genau wie der Oberst und ich es gewesen waren in den

Jahren, bevor Pastor Schiller Amen gesagt und unsere Ehe gesegnet hatte. Ich tat mit Tuomas all das, was der Oberst mit mir getan hatte, als wir noch zusammen gingen und dann jahrelang verlobt waren, und Tuomas war weiches Wachs in meinen Händen.

Ich spürte, dass er immer zufriedener wurde, je mehr ich über den Oberst sprach. Es steigerte sein Selbstwertgefühl, dass er in den Fanggründen des Obersts wilderte. Sein Blut war noch jung, und er hatte Kräfte wie ein Bär, während der Oberst ein alter, fauliger Baumpilz war. Es kam vor, dass irgendein Echtnazi sagte, der Oberst sei ein guter Mann gewesen, der habe an der Front vor nichts Angst gehabt, sei immer weiter gegangen, ohne Kälte, Hunger oder Müdigkeit zu spüren. Doch solche Äußerungen waren selten. Sogar die alten Weißgardisten krächzten, der Oberst habe am Ende des Fortsetzungskriegs am Seitajärvi absichtlich russische Partisanen durchgelassen und sei eindeutig ein Spitzel sowohl der Nazis als auch der Russen gewesen, und sie verbreiteten Geschichten darüber, wie der Oberst sich jungen Weißgardisten gegenüber wie der Teufel selbst aufgeführt habe, er habe sie im Manöver geschlagen und geschunden, und im Krieg habe er die schönen Soldaten und vor allem die Skolt-Lappen vollkommen unnötig an der Front sterben lassen. Den Gerüchten nach hatte er die Samen an der Front bei Petsamo gegen ihr eigenes Volk ins Feld geschickt, die Inari gegen die Skolt. Das mochte durchaus stimmen, trotzdem nahm ich den Oberst in Schutz, wenn jemand über ihn schimpfte. Nur ich hatte das Recht, ihn umzubringen.

Tuomas quartierte sich nach und nach bei mir in der Schule ein. Erst fragte ich mich, ob wir es geheim halten sollten, aber dann dachte ich mir, jeder von uns lebt nur ein Mal hier auf Erden. Tagsüber wechselte Tuomas von der Lehrerwohnung in die Schulbank und war mein Schüler. Er war mittelmäßig im Rechnen, aber gut im Zeichnen.

Wir waren zwei Lehrer an der Schule von Kalmalompolo. Auch wenn die Dorfbewohner Rote waren, traten wir Lehrer für die Sache des weißen Finnlands ein. Ich unterrichtete die unteren Klassen und Jaakko Palsakorpi, ein Wanderprediger, Angehöriger der erstgeborenen Laestadianer und Säufer aus Tornio, die obere Klasse. Er war ein stattlicher Mann, so wie es Prediger zu sein pflegten. Er hatte eine große, ernste Nase und schwarze Locken auf dem Kopf. Bei den Dorfbewohnern hieß es, in ihm fließe mindestens samisches und schwedisches Blut, das entweder mit russischem oder mit französischem Sperma gewürzt sei. Jaakko war Quartalssäufer. Wenn er trank, stand die Schnapsflasche auf dem Lehrerpult, und er gluckerte den ganzen Tag. Den Unterricht störte das nicht, die Schüler mochten ihn sogar mehr, wenn er betrunken war. Mit klarem Kopf konnte er nämlich sehr jähzornig sein.

Die Schüler waren brav, demütig, ausdauernd, zäh, fleißig und hatten ordentlich Selbstdisziplin. Gleichzeitig waren sie frei, wild, übermütig, grausam und unbezähmbar. Der Krieg hatte sie so gemacht. Väter und Brüder waren an die Front geschickt worden, der Ausnahmezustand war Alltag gewesen. Wer stirbt an der Front, wer erliegt einer Krankheit, aus wem wird ein Held? Die Kriegszeit war ein Abenteuer gewesen, hatte aber auch bedeutet, ständig Angst davor zu haben, wer als Nächstes gehen müsste, und all das war den Blagen anzumerken. Mein Klassenzimmer war kalt und feucht, weil die Fenster nach Norden gingen. Draußen stand dichter, bis in den Himmel reichender Fichtenwald. Ich sah zu, wie die Jahreszeiten achtmal im Jahr wechselten. Wenn ich drinnen Unterricht hielt, saßen die Schüler an grob gezimmerten Doppelpulten. Mein Platz war ein Schreibtisch auf einem Podest vor der Klasse, und in meinem Rücken hing eine schwarze Tafel. Auf dem Tisch lagen eine schwarze Schreibunterlage und Löschpapier mit blauschwarzen Flecken. Daneben stand eine Flasche Leim. An der Decke hingen drei Glasglocken, aus denen so viel Licht sickerte, dass die Kinder auch während der tiefsten Winterdunkelheit das ABC lesen konnten. An der Rückwand hatte Jaakko ein schönes Hirschgeweih aufgehängt und daran eine Suomi-Maschinenpistole, aus der er das Magazin entfernt hatte. Und dann der Geruch. Die Blagen rochen immer nach verfilzter Wolle und direkt gesagt auch nach Dreck. Zur damaligen Zeit ging man höchstens einmal in der Woche in die Sauna, in der Winterkälte bestenfalls einmal im Monat. Ich spritzte mir jeden Morgen etwas aus der Chanel-Fünf-Flasche, die mir der Oberst geschenkt hatte, auf Hals und Arme, damit ich den Tag überstand. Die Bälger schnupperten immer an mir wie in Ekstase, weil das für sie ein so fremder und verlockender Geruch war. Ich war glücklich, weil ich mein eigenes Geld verdiente. Meinen Lehrerlohn durfte ich verwenden, wie ich es für richtig hielt. In der Ehe hatte ich den Oberst immer um Essensgeld anbetteln müssen.

Als Junge war Tuomas ein eher stiller, zäher Bengel aus einem normalen kommunistischen Hinterwalddorf. Heutzutage ist er faul und rund mit Hängebauch. Der Bart hängt ebenfalls, ein buschiger Schnurrbart wie bei einem indischen

Maharadscha, und die Jesushaare hängen ihm bis auf die Schultern. Die Eier hängen allerdings nicht annähernd so wie beim Oberst. Würde der Tuomas sehen, wäre er schrecklich neidisch. Der Oberst hasste das Alter und wäre am liebsten immer ein flotter, gut genährter Rentierbock geblieben.

Tuomas ist wie ich geworden, äußerlich wie innerlich, er klebt auf der Zellebene an meiner Seele und meinem Körper. Als junger Ehemann gefiel es ihm, im Bett zu liegen, Bier zu trinken und Selbstgedrehte zu rauchen. Wenn er jetzt nach Hause kommt, setzt er sich immer in den Schaukelstuhl und fängt an zu schockeln. Wir sind immer auf einer Linie gewesen, vor und nach der Scheidung und trotz des Altersunterschieds, außer dass ich natürlich von Geburt aus höher stehe als Tuomas, dessen Stammbaum nie jemand zu Papier gebracht hat.

Zwei Jahre lang durften wir in aller Ruhe in der Lehrerwohnung leben und uns am kleinen Finger halten. Dort, tief im sich endlos ausbreitenden Moor, auf den niedrigen roten Blüten des Palsasumpfs, in den feuchten Senken, inmitten von klaren Gewässern und trügerischen Flarkmooren, wuchs ich allmählich zu mir selbst heran. Mich beruhigte das Rauschen der hohen Fichten, das Knirschen des Winterfrosts belebte mich, und das Bimmeln der Frühjahrsbäche mit ihrem sprudelnden Wasser gab mir den Glauben an meine Lebenskraft zurück. Ich wuchs zum vollen Alter heran, zu einer Frau von Stand und Rang, zu einer Männchenweibchenelchin, die alles gesehen hatte, ohne dass ich je gewusst hätte, dass es so etwas überhaupt gab. Ich hatte immer geglaubt, ich wäre vom Charakter her ein in Essigwasser treibendes Torfmoosfloß oder eine Art Kuh, aber tatsächlich wuchs ich zu einem prächtigen Geweihkopf heran, der jeden, der entgegenkam, mit solchen Augen ansah, dass dem anderen fast das Herz stehen blieb.

Tuomas war der siebzehnjährige unbezahlte Hausmeister der Schule und ich eine Lehrerin um die fünfzig sowie angehende Schriftstellerin, als ich um seine Hand anhielt. Ich sagte zu ihm: Was sollen wir länger warten, setzen wir dem Gerede vom Wolfspaar ein Ende und schicken dem Präsidenten die Papiere. Die Dorfbewohner hatten uns von Anfang an mit bösem Blick beäugt. Dass sie Gift säten, hatte nichts mit dem Altersunterschied an sich zu tun, sondern damit, dass Tuomas noch ein Kind gewesen war, als ich ihn in die Bettkammer gelassen hatte. Und als die Dorfbewohner dann von der Schulköchin hörten, dass ich vorhatte, Tuomas zu heiraten, wurden sie erst recht wild. In ihren Augen bestand die größte Sünde darin, dass ich, die ich schon zwei Mal den heiligen Hafen der Ehe angelaufen und mich wider Gottes Bestimmungen hatte scheiden lassen, es wagte, ein drittes Mal die Ehe einzugehen, und dann auch noch mit einem Kind. Dass ich mich nicht schämte. Während ich auf die Heiratserlaubnis vom Präsidenten wartete, schrieb ich ein Kinderbuch. Es wurde von vorn bis hinten mit Preisen bedacht. Bestimmt kam das den Spionen des Präsidenten zu Ohren, weil bald auf der Post ein Einschreiben von der Präsidentenkanzlei auf mich wartete.

Wir heirateten ohne Zeremoniell auf dem Standesamt von Kemi. Gleich anschließend brachte die Post einen Brief für Tuomas, in dem er zur Musterung und dann natürlich zur Armee einbestellt wurde. Tuomas meinte, er habe nicht vor, zur Waffe zu greifen und so lange von mir getrennt zu sein. Ich solle ihm eine Irrenbescheinigung besorgen. Ich dachte eine Zeit lang nach und erklärte ihm dann: Du brauchst keine Irrenpapiere. Wir machten einen Ausflug zur Schaltzentrale in Rovaniemi, danach bekam Tuomas nie wieder Briefe von der finnischen Armee. Doch die Gerüchte wurden immer gewaltiger. Könnte man an ihnen sterben, läge ich längst verwest in der Erde. Ich hatte genug von der Niedertracht der Dorfbewohner, verzichtete auf meinen Lehrerposten und die sichere Lohntüte, wurde freie Schriftstellerin und kaufte mir mit geliehenem Geld dieses Haus, in dem wir uns dann niederließen.

Schnell dämmerte mir, dass von den Bucheinkünften, die ich hatte, keiner leben kann. Mal kam hier ein Penni rein, mal dort ein zweiter, es kam zu Schulden und Wechseln. Für mich war das eine schreckliche Bauchlandung. Tuomas bemerkte wahrscheinlich keinen Unterschied in der Höhe unserer Einkünfte, weil er in Armut aufgewachsen war, aber ich, die ich als Frau Oberst an alles Hohe und Gute gewöhnt war, saß in der Klemme. Immerhin sorgte ich dafür, dass man es mir nicht ansah. Mein Vorhang fiel kein einziges Mal, so viel Schauspielerin steckte dann doch in mir. Ich weiß, wie man auftritt und abgeht.

Geld musste her, und ich fing an, alle möglichen Sachen zu übernehmen, bei denen es ums Reden ging. Ohne dass ich es je gewusst hätte, erwies ich mich als gute Festrednerin, und dank dieses Talents bekam ich so viele Mark zusammen, dass ich die Essensrechnungen im Laden bezahlen konnte und wir nicht verhungerten. Die Wechsel ließ ich laufen, weil den Banken das Geld nicht ausgeht. Ich erweiterte mein Repertoire und fing an, für die Natur zu sprechen. Vom

Herzen her war ich ja schon immer mehr Teil der Natur als ein Mensch gewesen. Ich hatte genug Energie, um den Ounasjoki als freien Fluss zu verteidigen und gegen die hohen Herren aus dem Süden zu kämpfen, die wollten, dass Lappland ein Entwicklungsland bleibe, das man ohne Ende ausbeuten kann.

Tausendunddreimal hat man mich gefragt, warum ich Schriftstellerin geworden bin. Es wurde in jenem Moment in die Sterne geschrieben, als man in meinem Bauch ein schreckliches Gewächs fand, das weggeschnitten werden musste. Die Operation verlief nicht nach dem Lehrbuch, und ich wachte nicht aus der Narkose auf. Gut eine Woche lang lag ich bewusstlos da, und alle glaubten, ich würde sterben, meine Mutter natürlich als Erste. Als ich dann endlich einen Bewusstseinsstrohhalm zu fassen bekam, schwankte ich tagelang auf der grauen Grenzlinie zwischen Leben und Tod. Ich weiß noch, wie ich das ewige Licht des Himmelreichs sah und mich die herrlichen Engel zu sich riefen und ich schon nach ihrer Hand greifen wollte, dann aber kam von Osten her ein starker Wind auf, der mir die langen Haare ins Gesicht peitschte, woraufhin ich die Hand zurückzog. Da erwachte ich und schlug die Augen auf. Ich selbst erinnere mich nicht mehr daran, aber meine Patentante Alexandra von Kunow, eine Kindheitsfreundin meiner Mutter und Freundin des finnischen Generalgouverneurs Seyn, erzählte, meine ersten Worte seien gewesen: Ich werde Künstlerin. Alle Anwesenden hätten gestaunt. Jetzt ist das Kind von den Toten erwacht. Meine Patentante habe meinen Kopf untersucht und am Hinterkopf eine entsetzliche Beule entdeckt. Das Mädchen hat den Höcker einer Traumtänzerin am Kopf, sagte sie.

Rebekka war zehn gewesen, als sie das alte Notenheft unserer Mutter gefunden und sich selbst beigebracht hatte, auf dem Klavier Liszt und Bach, Beethoven und Vivaldi zu spielen. Ich hatte mit dreizehn das Gleiche versucht, aber nur gelernt, den Anfang eines Stückes zu klimpern, in dem zu den Wolken hinaufgeflogen wird. Rebekka gab damit an, mit zwölf Lagerlöf, Paulaharju, Dostojewski, Sillanpää, Lermontow, Tolstoi, Jotuni, Kant, Platon und Strindberg gelesen zu haben. Die alle hatten im Regal unseres Vaters gestanden. Mit vierzehn beschloss ich, die Klassiker der Weltliteratur zu durchwaten. Ich fing mit Sillanpää an, kam bis Seite fünf und hörte wieder auf. Für meinen Geschmack zu verzweifelte, trostlose Runenschrift. Als Nächstes nahm ich mir Dostojewski vor. Nichts als das Gefasel eines religiösen Kerls. Strindberg kam mir komplett verrückt vor, von Kant verstand ich kein Wort. Selma Lagerlöfs Buch *Die wundersame Reise des Nils Holgersson* rettete mich. Ich las es viele Male von vorn bis hinten durch.

Nachdem wir uns in diesem blauen Holzhaus hier niedergelassen hatten, schrieb ich wie bekloppt. Der schwarze Schlund der Schreibmaschine fauchte und brüllte. Ich guckte wie von außen zu, wie die kleinen, aber scharfen Zähne die Wörter aufs weiße Papier schleuderten. Ich blubberte vor gewaltigem Auftrieb und strotzte vor innerer Gewissheit wie ein brodelndes Moorloch. Ich rutschte sozusagen in die Gefühle und Empfindungen der Figuren im Buch hinein, aus denen dann die Sätze entstanden. Die Zeit verflog, schon war es wieder Nacht. An einem Tag, an dem ich schrieb, vergaß ich zu essen und zu trinken. Wenn ich dann vom Schreibtisch aufstand, spürte ich, wie sich die Welt auf mich stürzte und versuchte, mich umzustoßen. Ich stellte mir immer ein Glas Milch auf den Schreibtisch, das ich in der schlimmsten Not leeren konnte. Es war das Nirwana des Schaffens, hatte aber auch damit zu tun, dass Tuomas mir die unschuldige Liebe, den Glauben ans Leben und das Gefühl der Geborgenheit zurückgegeben hatte, die mir eigentlich bereits mit dem Tod meines Vaters verloren gegangen waren. Tuomas sagte zu mir: Schreib wie eine Schlächterin, dann wird es gut, und ich fing an, nach dem Beispiel der großen Dichter aus der eigenen Wirklichkeit zu schöpfen.

Als ich aus der Geschichte von mir und dem Oberst ein Buch machen wollte, war es, als müsste ich mich hinter dem Rücken des Obersts heimlich an die Schreibmaschine setzen. Der Oberst war ja in Helsinki, entweder am Sterben oder schon tot. Dennoch hatte ich manchmal das Gefühl, er sitzt in der Maschine, kommt gleich rausgeschossen und nimmt mich mit Gewalt. Ich versuchte, vernünftig im Kopf zu bleiben, indem ich laut redete: Hör zu, verdammter Oberst, seit dem Amen hab ich in unserer Ehe kein eigenes Leben mehr gehabt, sondern nur deine Sünden vertuscht und dich beschützt, aber jetzt ist damit Schluss. Beim Schreiben war ich entweder von kontrolliertem Hass, von Rache oder Aggression getrieben oder von natürlichen Instinkten wie ein wildes Reh, als wäre ich eine andere, als würde ich mich für die Zeit des Schreibens selbst beiseitelassen, Rache üben, mit einem scharfen Schwert Köpfe abschneiden. Ich kam ganz dicht an den Kern der Dinge heran und schöpfte aus der Quelle der Wahrheit. Allerdings zensierte ich selbst die schlimmsten Stellen. Die waren so sehr blanke Wirklichkeit, dass sie mir niemand geglaubt hätte.

Hätte ich über unsere Verbindung geschwiegen, wäre das eine Sünde und ein Verbrechen gewesen. Schweigen verursacht, dass man das Essen nicht runterbekommt, und selbst wenn es den Hals runtergeht, bleibt es danach nicht im Magen, sondern kommt auf der Stelle am einen oder anderen Ende wieder raus. Schweigen tötet von innen. Durch die Weltgeschichte hindurch hat es solche gegeben, die erzählten, und solche, die nichts erzählten, weil die Scham sie am Sprechen hinderte. Denken wir nur an Eva Braun, die nie offiziell den Mund aufgemacht, sondern immer nur hinter der Gardine gelächelt hat. Oder die Nichte vom Führer, die Opfer des Sadismus wurde. Die machte den Mund auf und musste sich daraufhin umbringen.

Ohne den Mut, den mir Tuomas geschenkt hat, wäre auch ich stumm geblieben und hätte noch mehr an den brennenden, eiternden Löchern in meiner Seele und meinem Körper gelitten. Ich brachte alles zu Papier. Ich kotzte es aus, und es kam mir vor, als würden mit der Kotze auch sämtliche Zähne hinausfliegen. Ich hatte gedacht, die Ehe mit dem Oberst wäre der Mittelpunkt meines Lebens gewesen und würde es bleiben und mein ganzes Leben auf Erden wie im Himmel prägen, doch jedes Mal, wenn mir eine Erinnerung an den Oberst in den Sinn kommt, zucke ich zusammen und erstarre praktisch auf der Stelle. Und das Gefühl rieselt mir aus den Beinen. Das alles sitzt so tief in mir drin. Auch jetzt schmerzt mir der Kopf, als hätte jemand einen Pfahl hineingerammt, und mein Herz setzt bei jedem zweiten Klopfen aus.

Ich hatte geahnt, dass sich meine Leidensgeschichte mit dem Oberst in verwässerter Form verkaufen und ich an

Geld kommen würde, an dem ständig Knappheit herrschte. Meine Schreibmaschine klapperte, und es kam tatsächlich etwas dabei heraus: Der Verleger verhätschelte mich, und bald hatte ich die Kommodenschublade voller raschelnder Scheine. Wir besuchten die Kanarischen Inseln und Sotschi, um die Sonne zu bewundern. Wir fuhren mit dem Taxi nach Helsinki und quartierten uns für ein paar Tage im Hotel Torni ein, um zu bechern. Ich nahm sämtliche Auszeichnungen und Preise lässig entgegen und stieß routiniert mit blutroten russischen Kristallgläsern an, die uns Johan, der Bruder des Obersts, geschenkt hatte, so wie ich es in den Dreißigerjahren unter Anleitung von Maila Talvio gelernt hatte. Mein Foto war auf jeder Titelseite, ich wurde fürs Radio und sogar fürs Fernsehen interviewt, und ich plapperte vollkommen frei über eigene und fremde Angelegenheiten, es kamen Einladungen zur Party des Kulturministers wie zum Budenzauber beim Gouverneur. Ich bekam jede Menge Gloria für mich als Person ab, und das reichte. Die literarische Bewertung war mir egal. Ich versuchte, Maila nachzuahmen, und organisierte hier im blauen Holzhäuschen Feste, aber die Stimmung war lau. Die Lappländer können nicht feiern. Sie schlingen beim Essen und stürzen ihre Getränke hastig hinunter, und dann gehen sie wieder nach Hause.

Viele Bücher klapperte ich hastig hin, und darum wurden sie schlecht. Ich dachte, wichtiger als die Wörter ist die Geschichte. Am Anfang hielt ich das für eine gute Idee. Die Leser mögen ja Bücher, bei denen man nicht denken muss, sondern die man einfach von vorn bis hinten durchrattert. Sie wollen keinen Tiefgang und kein Stochern. Ich schrieb, was sich verkaufte, und es rauschte in meiner Kommodenschublade, doch dann fielen mir nicht mal mehr gute Geschichten ein, und weil ich ein schwaches Stilgefühl hatte und, was die Kunst des Schreibens betraf, große Mängel, gingen die Verkaufszahlen zurück. Also ging ich dazu über, Gedichte zu schreiben. Die wurden mittelmäßig, weil es ihnen an Gefühl und Gedanken fehlte. Viele meiner Bücher sind bloß seichter Stuss. Ich will den Leuten nicht die kostbare Zeit stehlen, nichts schreiben, was sie zum Nachdenken bringt oder bloß ihr Leid vergrößert. Nur die Naturbücher sind eine Ausnahme. Die setze ich sensibel zusammen, auch wenn Romane meine Brotgattung sind.

Zwischenzeitlich wurde Tuomas' und mein Leben ärmlich wegen der Sauferei, und um uns herum wurde die Spitzengardine des Untergangs breiter. Aber wir stritten uns nicht, auch nicht, wenn wir irr im Kopf waren. Tuomas war keiner, der sich streiten konnte. Er angelte gern, so wie der Oberst. Wir angelten zusammen, gingen in die Beeren und in die Pilze, und wenn wir wegen meiner Schreiberei in Helsinki waren, ging Tuomas entweder still hinter mir her oder an meiner Seite, sodass wir uns am kleinen Finger halten konnten.

Ich wollte an meine Ursprünge zurückdenken, die ersten

Gründe zur Freude finden, die ersten Traurigkeiten,

den Zauber der ersten Verliebtheit und die Spiele,

in denen ich Lehrerin war, Geranie, Lokomotive, Brücke

oder eine kleine Raupe.

Am Morgen fiel Schneeregen. Ich rappelte mich auf und schlurfte vor den Spiegelschrank. Von dort sah mich ein Ungeheuer an, das glasige Augen vom Alkohol, einen fetten Bauch und einen abgewirtschafteten Körper hatte. Ich dachte: Bin ich das? Wo ist das schöne, blühende Ich, das ich mal war? Ich glotzte mich eine Zeit lang an, dann ging es mir allmählich besser. Ich schäme mich nicht für mich. Ich trage den alten, absterbenden Frauenkörper mit Stolz. Rosten ist das Gesetz des Lebens, das der Kreislauf des Lebens und die Natur der Kette der Menschenwesen gewähren. Der Oberst hasste das Altern, weil er Angst davor hatte, dass ihm eines Tages die Lust abhandenkäme und sich sein Schwanz nicht mehr aufrichtete. Ich wischte den Oberst aus meinen Gedanken und kochte Kaffee. Das war eine langsame Prozedur, eine Stunde zerrann, wenn nicht zwei. Ich sah aus dem Fenster, als am Waldrand die einsame alte Rentierkuh auftauchte, die ich schon kannte. Ich hob die Hand, und sie nickte mir zu. Früher dachten die Menschen, dass die Tiere über uns stehen, weil sie Sachen wittern, von denen wir Menschen nichts wissen. Das tröstet mich. Außerdem bin ich eine so breitgefächerte, sich in alle Richtungen ausdehnende Person, dass ich mich mit mir selbst am wohlsten fühle. Ich bin für mich selbst das uferlose Kranichmoor Talasjänkkä, das sandige Seeufer des Jerisjärvi oder ein unerforschter, üppig feuchter Sumpf. Mal bin ich anziehend wie ein Hofrand oder ein Gemüsegarten, den die Sonne wärmt, mal allerliebst wie reife Gerste. Ich bin so sehr an allem interessiert, was in mir lebt, dass ich mich eigentlich für niemanden sonst interessieren mag. Alle anderen Menschen mit ihren kleinen Leben kommen mir läppisch vor im Vergleich zu meinem Innenleben, das mit dem Alter immer reicher wird. Statt überflüssiger Menschen habe ich die Figuren aus den Büchern, die ich hin- und herschiebe. Außerdem habe ich meine Katzen und Hunde. Die sind leicht zu verstehen, Menschen dagegen wesentlich schwerer. Sie reden nicht über sich selbst, sondern hören interessiert zu, wenn ich rede. Ich hab da ein Schreibfenster, durch das mich das Weltall betrachtet und durch das ich wiederum raus auf den Hof gaffe, der im Sommer wie ein Dschungel ist und im Winter ein glattes Schneefeld. Im Strom der Jahre ist das Fenster fast bis auf die Erde hinabgesackt, und direkt davor blühen Weidenröschen, die genauso schön und üppig sind wie ich. Sie schwanken im Hochsommer im Schönwettertakt über den ganzen Hof, vielfarbig wie ein Herz – violett, blütenweiß, gelblich und anilinrot. Außer dem nordischen Licht leisten mir die Bodenplanken im Haus Gesellschaft, die knarren, wenn die Kätzchen und Hündchen durchs Zimmer trippeln. Auf dem Hof betrachte ich den Himmel immer bis zum Rand, und dort ziehen Vogelschwärme, Wolken und der Wind mit mir dahin. Ich lasse immer alle Türen offen. Wer will, darf kommen.

Gestern kam ein Rentierbock hinterm Magazin hervorgetrabt, und Tuomas trat an meine Tür. Zuerst begrüßte er sämtliche Viecher, das dauerte seine Zeit. Dann kam er zu mir, sah mir in die Augen und sagte: Du bist ja voll in Fahrt. Im Vergleich zu mir ist Tuomas langsam und faul, aber das stört mich nicht. In der Zeit mit dem Oberst habe ich hinreichend Hast und Fleiß abbekommen. Bei Tuomas genieße ich am allermeisten, dass ich einfach nur da sein darf.

Bevor ich ihn heiratete, hatte ich zu ihm gesagt: Überleg es dir noch mal gut, denn ich hab eine müde Fotze und bin so alt, dass ich dir kein Kind mehr gebären kann. Tuomas darauf, dass er sich nichts aus Bälgern mache. Zwanzig Jahre später sagte er: Er will auf der Welt eine Erinnerung hinterlassen, wenigstens einen Nachkommen zeugen. Ich sagte: Da haben wir's. Ist mir recht, sagte ich gleich hinterher, auch wenn es mir das Herz brach. Kurz war ich am Boden, dann stand ich wieder auf. Ich dachte: Wenn Tuomas das mit dem Kind auf eigene Faust regeln will, dann wird das nichts. Also suchte ich eine Zeit lang und fand in der Zeitung ein Inserat, das zu passen schien. Ich traf mich mit ihr in der Cafeteria am Busbahnhof Kemi, bevor ich sie Tuomas vorstellte. Sie hatte schwarzes Haar, schwarze Augen wie ich, die gleichen Maße, wie ich sie in jungen Jahren gehabt hatte, und außerdem sind wir am gleichen Tag und im selben Monat geboren. Ich fragte sie nach ihrem Alter, und sie antwortete, sie sei siebzehn und unschuldig. Mein Vater war achtundzwanzig Jahre älter als meine Mutter gewesen, der Oberst genauso viel älter als ich, ich war achtundzwanzig Jahre älter als Tuomas und Tuomas siebzehn, als wir die Ehe eingegangen waren. Alles wiederholt sich, nur die Rollen wechseln. Wir unterhielten uns so gut, dass sie mitkam. Erst sträubte sich

Tuomas, das Mädchen sei noch ein Kind, und da müsse er ihr alles beibringen. Ich sagte zu ihm, bei einer Jungen weiß man, was man hat, und Tuomas beruhigte sich. Ich machte mit der jungen Geliebten aus, dass ich die Patentante jedes ihrer Kinder würde. So ließen Tuomas und ich uns also scheiden, und Tuomas heiratete erneut, und einmal im Jahr kam ein Kind auf die Welt. Die Kinderschar ändert nichts am Band zwischen Tuomas und mir. Er kommt jeden Tag zu mir. Er hängt an mir und wird auch dann noch an meinem Fleisch haften, wenn wir mal auf verschiedenen Planeten leben.

Bevor Tuomas letztmals und offiziell von mir wegging, spazierten wir Hand in Hand durch den steinigen Ödwald zu unserem Glückssumpf. Es war Mitte September achtzig und kurz vor Sonnenuntergang, als wir an der vertrauten Stelle standen, wo sich Land und Wasser treffen, am Rand des Sumpfes, und den westlichen Himmel betrachteten. Die Sonne sank und färbte das Himmelszelt schwefelgelb und das ganze Sumpfmeer rötlich gelb, so wie sie es vor einer eisigen Nacht zu tun pflegt. Die Amseln krächzten auf den Ästen der morschen Bäume, die Haubentaucher und Zwergsäger tauchten unter die Torfbüschel, und ein Kranichpaar schüttelte mitten im Sumpf die langen Beine aus. Wir sagten nichts, zogen bloß unsere Kleider auf dem vertrauten Stein aus, wateten wie die Marsch-Araber von einer Bülte zur nächsten und ließen uns in den Moortümpel gleiten, der uns im Lauf der Jahre so lieb geworden war. Aus der warmen Umarmung von Schlick, Schlacke und Schlamm heraus sahen wir zu, wie Nebel aufstieg und die gleichmäßigen

Linien der Landschaft verhüllte. Er hüllte alles so ein, dass wir uns inmitten der Unendlichkeit befanden. Nur wir zwei. Sonst nichts. Melancholie, Trauer, Freude und der Anfang des Neuen. Im frostempfindlichen Schoß der Nacht gingen wir nach Hause zurück, und Tuomas setzte allein den Weg zu seinem Mädchen fort. Unsere Scheidung trat ein Jahr später offiziell in Kraft, aber obwohl sie dort wohnen und ich hier, sind Tuomas und ich immer eins geblieben. Die Kinder, die Tuomas gezeugt hat, rennen ab und zu draußen auf dem Hof herum oder spielen hier drinnen. Ich halte das Geschrei nicht lange aus, dann bringt Tuomas sie wieder fort. Wenn die Hütte still wird und vom Radau der Bälger nur noch der frische Geruch übrig ist, stürzen Erinnerungen in Gestalt von Gegenständen aus meiner Kindheit auf mich ein. Ich erinnere mich noch an die Gießschale auf der Spüle meiner Oma, an die gelben Rosen auf dem Butterteller, an die Zigeunerspitze am weißen Kissenbezug, an die marokkanische Einkaufstasche meiner Mutter, die aus Kamelhaut gefertigt und auf die eine durch die Wüste ziehende Karawane aufgedruckt worden war.

Meine erste Erinnerung hat mit dem Gemüsegarten meiner Mutter zu tun, um den sich hauptsächlich die Magd Olga kümmerte. Ich war vielleicht zwei, als Olga an einem heißen Sommertag in den Garten ging, um die Möhrenbeete zu pikieren. Ich entschlüpfte Rebekkas Aufsicht und stapfte ebenfalls zum Gemüsegarten, um Olga und die Welt zu betrachten. Der Garten war voller verschiedener Pflanzen, die übereinanderkletterten, sich ineinander verschlangen, sich gegenseitig erstickten, die Saunawand hinaufrankten und aufs Dach sprangen, den Zaun eroberten und sich von dort aus quer über den Sandweg bis zur Tür der Viehküche ausbreiteten. Ich legte mich unter einen Johannisbeerstrauch und grub in der Erde. Dort fand ich Hornkäfer, Mistkäfer und andere Käfer und steckte sie in die Tasche meiner Schürze. Zum beruhigenden Summen der Fliegen schlief ich ein. Rebekka erzählte mir später, sie und Olga hätten mich stundenlang gesucht. Sie waren zum See gerannt und sogar bis zum Fluss, aber nichts. Furchtbare Angst hätten sie natürlich gehabt, sich aber nicht getraut, unserer Mutter zu erzählen, dass ich abgehauen war. Olga fand mich schließlich unter dem Busch und trug mich in aller Stille zurück ins Haus.

Meine zweite Erinnerung hat damit zu tun, dass ich einen Stock zwischen den Beinen spüre, der mich in zwei Teile spaltet. In dieser Erinnerung kommt ein Mann vor, der in unschuldigen jungen Frauen einen Trieb sieht. Der von seinem Schwanz gesteuerte Mann beschläft gewaltsam ein Mädchen, das sich instinktiv hingibt, greift sich dessen Sexualität oder zerstört sie sogar. Dies alles ging mir erst Ende der Fünfzigerjahre allmählich auf, in der Irrenanstalt, als ich mit Hilkka redete, der anderen Übergeschnappten. Da begriff ich, dass ein Ereignis, über das ich nicht spreche, nicht existiert, erst wenn ich alles in Worte kleide, wird es wirklich. Aus meinem Gedächtnis stieg auf, wie ich trotz der Verbote meines Vaters heimlich zum Haus des Grenzschutzes renne, durchs Gebäude laufe und niemanden sehe, in die Hinterkammer gehe, und dort sitzt der Oberst am Schreibtisch, und vor ihm steht die Nachbarin Inkeri, und Inkeris karierte Schürze ist ihr bis zu den Ohren hochgeschlagen, und drei Finger des Obersts stecken in Inkeris Hose. Ich sehe das alles, drehe mich um und renne davon.

Hilkka hörte zu und sagte zum Schluss: Hast du je darüber nachgedacht, dass diese Inkeri vielleicht du selbst gewesen bist?

Zuerst meinte ich: Red nicht so beklopptes Zeug. Aber dann machte ich mir doch meine Gedanken.

In unserer Nachbarschaft hatte es ja nicht einmal eine Inkeri gegeben.

Ich trage einzig und allein noch dafür Sorge,

dass das Holz für den Herd über den Winter reicht.

Hier im blauen Holzhäuschen bin ich geborgen wie im Bauch eines Hechts. Meine Seele hat ihren Frieden gefunden. Ich weine gern ohne Grund vor mich hin. Das reinigt.

Als ich mit Tuomas hier einzog, war die Hütte schon zur Hälfte von der Erde verschluckt worden, und die Ecken waren schief. Am hinteren Rand des Grundstücks hat sich seit der letzten Eiszeit ein flacher, ovaler und fischreicher See mit klarem Wasser breitgemacht, meine Speisekammer. Mir steigen jedes Mal Tränen in die Augen, wenn ich dort stehe und auf den Ödwald an den fernen Ufern schaue, auf die große Wildnis, die sich um den See herum ausbreitet, und auf die Berge, die in den Himmel aufragen wie Tempelkuppeln. Ich denke an die früheren Generationen, die sich in dieser Einöde durchgekämpft haben. Sie lebten in einem biblischen Paradies. Es gab zu essen, und das Feuer spendete Wärme. Sie verfolgten in sternklaren Nächten die gleiche Aufführung des Universums, wie ich es tue, sie lauschten der gleichen Stille des Sternenzelts und fürchteten die Totenblässe der Mondsichel im tiefen Winter. Mal schwebt mir der Geruch reifer Ähren, mal der Duft von gemähtem Timotheegras in die Nase, dann wieder der lebenssatte Geruch des üppig blühenden Kartoffelackers. Hinter dem Haus fängt der Wald an, und dort gibt es den sonderbaren Bach Mustaoja, dessen Steine kupferbraun sind und dessen fließendes Wasser wie Gold schimmert. Dort gibt es auch eine heilende Quelle, einen Kranichsumpf und ein Flussbett mit empfindlichem Ufer. Diese Wildnis hat viele Milliarden Sonnenaufgänge gesehen und wird vielleicht noch mal so viele sehen, falls der Mensch der Erde Ruhe gönnt.

Ich habe die letzten Jahre ein so stilles und ermattetes Leben geführt, dass es mir vorkommt, als wäre ich selbst nicht mehr da. Der Abstand zwischen mir und meinem Inneren wächst weiter an. Dieses Gefühl zu verschwinden ist schrecklich und herrlich zugleich. Wenn dann noch die Bedrückung und der Schmerz darüber hinzukommen, wie der Mensch die Erde, die Luft und das Wasser, also die Natur Lapplands behandelt, die all meine Bücher geboren hat, dann drückt es mich in der Brust, mein Herz fängt an zu brennen, und es kommt mir vor, als müsste ich in der Scheiße der Welt ertrinken. Bei derlei plötzlichen Anfällen von Verzweiflung kippe ich ein, zwei Gläser oder trinke die ganze Flasche leer und mache mir eine neue auf. Ich verarzte mich mit Alkohol. Der trügt nie. Der bleibt meine Stütze und mein Schutz, aber solange ich schreibe, werde ich nicht zur Säuferin. Das Buch schreit aus der Schreibmaschine heraus, ich soll den Korken zu und mich an die Arbeit machen, und ich gehorche.

Jeden Morgen warte ich auf Tuomas. Wenn ich seine Schritte auf der Treppe höre, wärmt das meine Seele, und mein Herz schnurrt richtiggehend vor Zufriedenheit. Tuomas macht Feuer im Ofen, holt Holz herein, kocht mir Brei, und wir erzählen.

Ich verzeihe dem Oberst den Individualismus, die Gewalt und die Selbstzerstörung, die Gottesverleugnung, den Ehrgeiz, die Vielgesichtigkeit, das Betrügerische, die Unzuverlässigkeit, die Verachtung moralischer Bindungen, den Reichtum, die Freigebigkeit, den Geiz, die Renaissancemenschen-Herrlichkeit und die Lüsternheit. Selbst die Demütigungen, Tritte und Peitschenhiebe kann ich leicht verzeihen, wenn es sein muss, genau wie die seelische Folter, derentwegen ich mich ins Irrenhaus trank. Aber nie werde ich ihm verzeihen, dass er unseren gemeinsamen Sohn aus mir heraus auf den Fußboden geprügelt hat. Das kann und werde ich ihm nicht verzeihen.

Ich will nicht mehr an den Oberst denken und mich nicht mehr an ihn erinnern. Mich widert das Thema an, ich will mich nur noch auf mich selbst konzentrieren. Der Oberst hatte in niemanden Vertrauen. Er sagte immer, das Schlimmste in seinem Leben seien die anderen Menschen. Er verliebte sich in niemanden, ihn trieb sein Schwanz voran, der ihm keine Minute Ruhe ließ. Er war eine Renaissanceseele in dem Sinne, dass er die Literatur und die Künste und die menschliche Intelligenz und die Belesenheit liebte. Zeitweise aß er wochenlang Haferbrei, unter den er Dosenfleisch mengte, oder nagte bloß an rohen Kartoffeln und streute Salz darüber. Er stürzte sich gern von einem Extrem ins andere. In diesem Sinne wiederum war er eine russische Seele, auch wenn er die Russen hasste. Er hasste das Russische in sich, so wie der Führer das Jüdische in sich hasste. Wallenius hat mal zu mir gesagt: Der Oberst ist ein Feigling, letzten Endes traut er sich nicht, und darum prahlt er und schlägt seine Untergebenen und die Schwächeren, wo er nur kann. Wenn nötig, beschenkte er dieselben Leute, die er demütigte. Und ich armes Kind bewunderte und vergötterte diesen Mann, obwohl seine Vitalität mit dem Alter schwand und sein Strom saumselig wurde und er nicht mehr wie ein fröhlicher Brunnen sprudelte. Ich musste seinen schlaffen Schwanz lutschen, ohne dass etwas passierte. Im Grunde war er lustlos. Lebte allein wie ein Tier.

Von seinem Trieb genötigt jagte und verehrte er ein Weibchen so lange, bis er es in der Falle hatte, und danach begann die Zeit der Folter und Verächtlichkeit. Mich tröstet, dass der blaue Himmel dieses Winters alles verzeiht, dass dieser Winter nur bis Ende April dauert, bis dahin hält die Kälte alles Lebendige in der Starre, der Schnee begräbt die Boote, die Verschläge und die Holzschuppen und Saunas unter sich, so wie es der Große Geist eingerichtet hat. Dann kommt der südliche Wind des Spätwinters, der das Eis bersten lässt und zusammenstaut, und neues Leben ersteht. So hat die Ewigkeit die Welt geschaffen: auf dass die Gegensätze gemeinsam etwas Ganzes zustande bringen, so wie Sauerkraut und Bratwurst zusammengehören, Tee und Himbeermarmelade oder Honig und vieles mehr.

Als ich am Todestag des Obersts hinter der Grummetscheune Blaubeeren sammelte, hatte ich urplötzlich das Gefühl, als wäre mir ein Messer aus der Fut gezogen worden und der schreckliche Schmerz darin und der Druck im ganzen Leib, die mich seit den ersten Schlägen des Obersts begleitet hatten, wären davongeflogen.

Die Morgendämmerung schleicht sich zwischen die Gebäude, auf Hofzufahrten, Wege und Loipen. Ein träger Windhauch rollt über den zugefrorenen See aufs Ufer zu und führt dabei ein kleines Büschel trockenes Heu mit, das er sich an der Bootslandestelle geschnappt hat. Die Dorfbewohner erwachen nach und nach aus dem Schlaf und in den neuen Tag hinein. Jemand geht kurz auf die Veranda, um einen Blick aufs Thermometer zu werfen, und nimmt den Duft von Teer wahr. Der bringt den kommenden Frühling in den Sinn, wenn die weißen Schneewehen schmelzen, kleine Bäche unter der Schneedecke wieder zu fließen beginnen, die Erde erwacht und neues Leben seinen Anfang nimmt, um mit der Ankunft des Winterfrosts erneut zu sterben.

Die Frau des Obersts hat den Geruch der Holzscheite in der Nase, die über Nacht vor dem Ofen aufgetaut sind. Mühsam erhebt sie sich und setzt sich auf die Bettkante. Mit dem Alter ist sie krumm geworden, als trüge sie einen schweren Sack auf dem Rücken. Ihre Augen sind geschlossen, sie lässt den Kopf hängen und keucht. Sie schwebt in stoffloser Dämmerung.

Nachdem sie eine Weile dagesessen hat, lässt sie sich auf den Rücken sinken. Das Feuer im Kamin ist erloschen, auch die Glut geht aus, die Wärme entweicht den Ritzen zwischen Wandbalken und Bodenbrettern.

Es ist das vierte Leben der Frau Oberst. Erst hatte sie einen Alltag und die Wochenenden in ihrem Elternhaus in einer Stadt im Norden, dann die Jahre unter der Knute des alten Obersts, dann das gemeinsame Leben mit dem jungen Tuomas in diesem Haus.

Jetzt befindet sich ihr Leben auf der Schlussgeraden.

Eine rote Blutspur rinnt ihr aus dem Mundwinkel auf das Rentierhaarkissen. Auf dem Esstisch liegen zwei geräucherte Barsche, die Tuomas gebracht hat. In der Speisekammer steht ein Spankorb mit einer von Tuomas eingesalzenen Brachse. Tuomas will in den nächsten Tagen den großen Backofen einheizen und Fisch rösten.

Im Zimmer schweben Schneeflocken.

Dank

Annikki Kariniemi-Willamo-Heikanmaa

und

Anita Seppä, Jonni Aromaa, Jorma Ylävaara, Kirsti Lonka, Mika Kukkonen, Riikka Ala-Harja, Ulla Kautto, Pasi Lampela

und

Harri Haanpää

Glossar

Ääninen: Finnische Bezeichnung für den Onegasee.

Airo, Aksel Frederik (1898–1985): Finnischer General, verantwortlich für die Planung der Operationen in *Winterkrieg* und *Fortsetzungskrieg*.

Alavirta, Toivo (1890–1940): Journalist und sozialdemokratischer Parlamentsabgeordneter, floh nach dem *Finnischen Bürgerkrieg* 1918 in die Sowjetunion, wurde Mitglied der Kommunistischen Partei, 1937 jedoch wegen konterrevolutionärer Hetze festgenommen und in ein Lager deportiert.

Alkio, Santeri (1862–1930): Bedeutender finnischer Politiker, Gründer des Landbundes, aus dem später die heutige Zentrumspartei hervorging.

Alt-Laestadianer: siehe *Laestadianismus*.

Aunus: Finnische Bezeichnung für Olonetz. Kleinstadt in Karelien, bei der am 20. Juni 1944 die Offensive der Roten Armee gegen die finnischen Truppen begann.

Befreiungskrieg: Ideologisch aufgeladene Bezeichnung der konservativen Seite für den *Finnischen Bürgerkrieg* 1918.

Björneborger Marsch: Finnisch *Porilaisten marssi*, Ehrenmarsch der finnischen Streitkräfte sowie des Staatspräsidenten.

Bobrikow, Nikolai Iwanowitsch: Von 1894 bis zu seiner Ermordung 1904 russischer Generalgouverneur in Finnland und als Repräsentant der zunehmenden Russifizierung Dorn im Auge nicht nur der national gesinnten Finnen.

Finnisch sprechende Völker: Gemeint sind Völker, deren Sprachen mit dem Finnischen verwandt sind, z. B. Samen, Esten, Mordwinen, Komi, Mari.

Finnischer Bürgerkrieg: Äußerst blutige Auseinandersetzung zwischen sozialistischen *Roten* und bürgerlichen *Weißen* im Jahr 1918, nachdem Finnland unabhängig geworden war. Es ging darum, welche Form der neue autonome Staat haben soll. Auf beiden Seiten kam es zu Gräueltaten, die schließlich siegreichen Weißen nahmen Internierungen und Hinrichtungen vor.

Fortsetzungskrieg: Finnisch-sowjetischer Krieg 25. Juni 1941 bis 19. September 1944. Finnland führte den Krieg an der Seite Deutschlands und beteiligte sich am Unternehmen Barbarossa, dem Überfall der deutschen Wehrmacht auf die Sowjetunion.

Friedenswortbewegung: Eine Richtung des *Laestadianismus*.

Friedrich Karl von Hessen (1868–1940): Schwager von Wilhelm II., wurde nach dem *Finnischen Bürgerkrieg* am 9. Oktober 1918 vom finnischen Parlament (unter Ausschluss der Sozialdemokraten) zum König Finnlands gewählt, erklärte aber zwei Monate später (nach der Niederlage Deutschlands im Ersten Weltkrieg) seinen Thronverzicht.

Großer Unfrieden: Russische Besatzung Finnlands von 1714–1721, während des Großen Nordischen Krieges (1700–1721).

Hillilä, Karlo Henrik (1902–1965): Finnischer Politiker des Landbundes ML *(Maalaisliitto)*, der u. a. von 1938 bis 1946 erster Gouverneur der Provinz Lappland sowie zwischen 1944 und 1945 Innenminister Finnlands war.

Hüte und Mützen: Bezieht sich auf die zwei Parteien im Schwedischen Reich des 18. Jahrhunderts, auf *hatterne* (*hattpartiet* – Hutpartei) und *mössorna* (*mösspartiet* – Mützenpartei), die gegensätzliche Ansichten vertraten, u. a. hinsichtlich der Einstellung zu Freiheit und Krieg sowie der Haltung gegenüber Russland.

Interimsfrieden: Frieden von Moskau, beendete am 12. März 1940 den *Winterkrieg*.

Jägersoldaten: Finnische Freiwillige aus studentischen Kreisen, die sich 1915 im Preußischen Jägerbataillon 27 heimlich militärisch ausbilden ließen, um für den Unabhängigkeitskrieg gegen Russland gewappnet zu sein.

Jungfinnen: Anhänger der 1894 gegründeten Jungfinnischen Partei, die ihr Ziel darin sah, den Nationalismus zu stärken und die Emanzipation von Russland (dem Finnland bis 1917 als Großherzogtum angehörte) voranzutreiben.

Kalevala: Das finnische Nationalepos, erschienen zuerst 1835 und in einer erweiterten Fassung 1849. Enthält die finnische Mythologie und stellt die literarische Kapazität der finnischen Sprache unter Beweis.

Kalmalompolo: »Kalma« bedeutet Tod.

Kellosalmi, Feliks (1877–1939): Stand im *Finnischen Bürgerkrieg* 1918 auf der Seite der *Roten*, floh in die Sowjetunion. Wurde dort 1936 aus der Kommunistischen Partei ausgeschlossen und verhaftet, bald aber aus gesundheitlichen Gründen wieder freigelassen.

Koskenniemi, Veikko Antero (1885–1962): Lyriker, Journalist, Professor für Literaturwissenschaft, äußerst einflussreiche Figur des finnischen Kulturbetriebs, nationalistischer Hofdichter des weißen, bürgerlichen Finnlands, wurde 1941 zum stellvertretenden Vorsitzenden der von Goebbels initiierten Europäischen Schriftsteller-Vereinigung gewählt.

Kosola, Vihtori (1884–1936): Führer der faschistischen *Lapua-Bewegung*.

Lachs à la Kalsta: Kalsta hieß der äußerst nazifreundliche Chef des Hotels Pohjanhovi in Rovaniemi in den Jahren 1936 bis 1940.

Laestadianismus: Konservative Erweckungsbewegung, initiiert durch den lutherischen Pfarrer Lars Levi Laestadius (1800–1861).

Lapplandkrieg: Militärische Auseinandersetzung zwischen Finnland und den auf finnischem Territorium stationierten deutschen Truppen von September 1944 bis April 1945. Der Waffenstillstandsvertrag zwischen Finnland und der Sowjetunion vom 19. September 1944 sah vor, dass die finnische Armee, die im *Fortsetzungskrieg* an der Seite der Wehrmacht gekämpft hatte, die deutschen Truppen aus dem Land vertreiben sollte. Diese hinterließen auf ihrem Rückzug »verbrannte Erde«.

Le Monnier, Pierre Charles (1715–1799): Französischer Astronom, beteiligt an der Gradmessungen eines Meridianbogens in Lappland.

Linkomies, Edwin (1894–1963): Professor für römische Literatur, Rektor der Universität Helsinki, finnischer Ministerpräsident von 1943 bis 1944.

Lönnrot, Elias (1802–1884): Finnischer Schriftsteller, Philologe und Arzt, der auf Wanderungen durch Karelien mündlich überlieferte Volksdichtung sammelte und daraus das Nationalepos *Kalevala* kompilierte.

Lotta Svärd (Lotta Schwert): Paramilitärische Frauenorganisation, die 1918 gegründet wurde, um im *Finnischen Bürgerkrieg* die *Weißen Garden* zu unterstützen. War im *Winterkrieg* (1939) sowie im *Fortsetzungskrieg* (1941–1944) mit vielen Freiwilligen zur Unterstützung der Frontsoldaten aktiv. Wurde mit dem Waffenstillstand von Moskau 1944 aufgelöst.

Lottas: Kriegshelferinnen. Angehörige der Organisation *Lotta Svärd*.

Marschall: Carl Gustaf Emil Mannerheim (1967–1951), Oberbefehlshaber der finnischen Armee im *Winterkrieg* und *Fortsetzungskrieg*. Anschließend von 1944 bis 1946 Präsident der Republik Finnland. Im *Bürgerkrieg* 1918 Oberbefehlshaber der *Weißen*.

Nurmi, Paavo (1897–1973): Legendärer finnischer Läufer auf allen Strecken zwischen tausendfünfhundert und zehntausend Metern, stellte vierundzwanzig Weltrekorde auf und errang neun olympische Goldmedaillen.

Ochrana: Oberbegriff für die verschiedenen Geheimdienste und die Geheimpolizei im zaristischen Russland.

Paasikivi, Juho Kusti (1870–1956): Finnischer Staatspräsident von 1946 bis 1956. Trat für die Versöhnung mit der Sowjetunion ein.

Palo, Tauno (1908–1982): Schauspieler und Sänger. Größte Ikone des finnischen Films.

Pihkala, Martti (1882–1966): Parlamentsabgeordneter, der Rassentheorien anhing und sich für Zwangssterilisierung sowie die Aussonderung von Personen mit »lasterhafter Lebensführung« einsetzte.

Raatteentie: Schauplatz einer Schlacht im *Winterkrieg*.

Rote Garden: Militärischer Arm der Arbeiterbewegung im *Finnischen Bürgerkrieg* 1918, meist nur die Roten genannt, mit einer geschätzten Größe von bis zu achtzigtausend Mann (plus ein Frauenbataillon).

Runebergisches Adelsgeschlecht: Gemeint ist der schwedischsprachige Adel in Finnland. Der Name bezieht sich auf den finnlandschwedischen Schriftsteller Johan Ludvig Runeberg (1804–1877), der heute als Nationaldichter gilt.

Ryti, Risto (1889–1956): Finnischer Präsident von 1940 bis 1944, schloss Vertrag mit Ribbentrop, was ihm nach dem Krieg unter Druck der Sowjetunion eine Verurteilung zu zehn Jahren Haft einbrachte. 1949 begnadigt.

Salomaa, Tyyne (1891–1938): Näherin und sozialdemokratische Parlamentsabgeordnete, die im *Finnischen Bürgerkrieg* 1918 auf der Seite der *Roten* stand und nach dem Sieg der *Weißen* in die Sowjetunion ging. 1938 wegen »konterrevolutionärer Umtriebe« hingerichtet.

Schlächterin: Während des Finnischen Bürgerkrieges 1918 und danach wurden die *Weißen* von den *Roten* als Schlächter bezeichnet.

Schwarzhemden aus Lapua: Angehörige der *Lapua-Bewegung*, einer von der westfinnischen Stadt Lapua ausgehenden faschistischen Volksbewegung (1929–1932).

Sillanpää, Frans Eemil (1888–1964): Finnischer Schriftsteller, der 1939 mit den Nobelpreis für Literatur ausgezeichnet wurde.

Simojoki, Elias (1899–1940): Nationalistisch gesinnter lutherischer Pfarrer, Abgeordneter der *Vaterländischen Volksbewegung*.

Ståhlberg, Karlo Juho (1865–1952): Erster Präsident der Republik Finnland (1919–1925). Versuchte nach dem *Finnischen Bürgerkrieg* 1918 zwischen *Roten* und *Weißen* zu vermitteln. Wurde 1930 von Mitgliedern der faschistischen *Lapua-Bewegung* entführt, die ihn zwingen wollten, ins sowjetische Exil zu gehen.

Suulajärvi: See auf der Karelischen Landenge.

Talvio, Maila (1878–1951): Finnische Schriftstellerin, von der in den Dreißiger- und Vierzigerjahren mehrere Werke ins Deutsche übersetzt wurden, da sie sich aktiv im Kulturaustausch mit Nazi-Deutschland und dem faschistischen Italien engagierte.

Vaterländische Volksbewegung: Nachfolgepartei der faschistischen *Lapua-Bewegung* (1932–1944).

Viena: Finnische Bezeichnung für Archangelsk.

Viipuri: Finnischer Name von Wyborg, Stadt in Karelien, die seit 1917 zu Finnland gehörte, nach dem *Winterkrieg* 1940 aber an die Sowjetunion fiel.

von Grönhagen, Yrjö (1911–2003): In Sankt Petersburg geborener Spross eines deutsch-finnischen Adelsgeschlechts, der in Paris studierte und zeitweilig für das SS-Forschungsinstitut »Ahnenerbe« in Finnland volkskundliche Forschungen betrieb, während des Kriegs als finnisch-deutscher Verbindungsmann und Propagandist wirkte, u. a. als Sprecher der in Finnland gezeigten Wochenschau. Zwischen 1939 und 1942 Verfasser ideologisch gefärbter deutschsprachiger Sachbücher zu finnischen Themen.

Weiße Garde: Paramilitärische Organisation der konservativen Kräfte im *Finnischen Bürgerkrieg* 1918, die siegreich aus den Kämpfen mit den sozialistischen *Roten* hervorging. Auch die Weißen oder Weiße Armee genannt.

Winterkrieg: Krieg zwischen Finnland und der Sowjetunion vom 30. November 1939 bis zum 13. März 1940, bei dem Finnland zwar seine Unabhängigkeit wahren konnte, jedoch Teile seines Territoriums verlor, darunter die Stadt *Viipuri*.

Die Originalausgabe erschien 2017 unter dem Titel *Everstinna*
bei Like Kustannus Oy, Helsinki.

FILI FINNISH LITERATURE EXCHANGE

Der Penguin Verlag dankt FILI – Finnish Literature Exchange –
für die finanzielle Unterstützung der Übersetzung.

MIX
Papier aus verantwortungsvollen Quellen
FSC® C014889
FSC www.fsc.org

Verlagsgruppe Random House FSC® N001967

PENGUIN VERLAG

1. Auflage

Dieses Buch wurde vermittelt durch: Hedlund Agency, Stockholm.
Redaktion: Leena Flegler
Umschlaggestaltung: Lübbeke Naumann Thoben, Köln
Umschlagabbildungen: plainpicture / Wolf Kettler, p1433 m1573396
Satz: GGP Media GmbH, Pößneck
Druck und Bindung: Friedrich Pustet
Printed in Germany
ISBN 978-3-328-60096-1
www.penguin-verlag.de

Dieses Buch ist auch als E-Book erhältlich.

Rosa Liksom
Abteil Nr. 6

Roman
Aus dem Finnischen von
Stefan Moster
Auch als E-Book erhältlich

»Messerscharf, arktisch kalt und gewürzt mit russischen Aromen.« *Sofi Oksanen*

Draußen vor dem Zugfenster ziehen die unendlichen Weiten Sibiriens vorbei, drinnen im Abteil Nr. 6 ist es beklemmend eng. Die junge Finnin sitzt nur eine Armeslänge entfernt von einem grobschlächtigen Russen, der mit Zwiebeln und Schwarzbrot in die Mongolei reist. Er erzählt ihr Geschichten, die umso verstörender werden, je mehr Wodka er trinkt – und schenkt ihr das Wertvollste, das er besitzt: das Messer, mit dem er einen Menschen erstochen hat.

»Abteil Nr. 6 ist ein ungewöhnliches Kammerspiel und zugleich eine wunderschöne Zeitreise zurück in die Sowjetunion der 80er Jahre.« *WDR5*

TOMMI KINNUNEN

Tommi Kinnunen
Das Licht
in deinen Augen

Roman
Aus dem Finnischen von
Gabriele Schrey-Vasara
Auch als E-Book erhältlich

»Ein leidenschaftlicher Roman.«

Helsingin Sanomat

Es sind die Fünfzigerjahre in einem Dorf im Norden Finnlands, und alle beginnen, wieder an die Erfüllung ihrer Sehnsüchte zu glauben. So auch Helenas Eltern, die dem Mädchen, das früh das Augenlicht verloren hat, ein selbstständiges Leben ermöglichen wollen. Sie schicken das Kind auf eine Blindenschule im tausend Kilometer entfernten Helsinki, wo Helena Schritt für Schritt ihrer Eigenständigkeit entgegengeht. So wie Tuomas, Helenas Neffe, vier Jahrzehnte später. Auch er lässt seine Familie zurück und damit all die Erwartungen an ihn, die der schwule junge Mann nicht erfüllen kann und will.